후포리 남서방 이야기

남재현 지음

황금물고기

• 이 도서의 국립중앙도서관 출판예정도서목록(CIP)은 서지정보유통지원시스템 홈페이지(http://seoji.nl.go.kr)와 국가자료공동목록시스템(http://www.nl.go.kr/kolisnet)에서 이용하실 수 있습니다.(CIP제어번호 : CIP2015020540)

후포리 남서방 이야기

들어가는 이야기

이젠 저도 제 이름보다 '후포리 남서방'이란 별칭이 더 친근합니다. 제 입장에서는 많은 분들이 스스럼없이 '남서방'이라 불러 주니 정을 느껴서 좋고, 여러분께는 이 팍팍한 세상에서 옆집 아저씨나 친구쯤 되는 사람으로 인정받고 있으니 즐겁고 기쁜 일이지요.

'후포리 남서방'을 보면 나도 모르게 미소를 짓게 하고, 명색이 내과 의사란 사람이 장인 장모님하고 좌충우돌 지내는 것을 보면 저절로 웃음이 난다는 말을 들으면 저 역시 마음이 편안합니다.
아마 제가 보통 사람들과 다름없이 살아온 과정 때문에 더 친근하게 느끼시는 것 같아요. 아니면, 조금 더 평탄치 않았고 힘들었는데도 긍정적으로 살아가는 모습을 보고 친근감을 느끼시는가 봅니다.
저는 화려한 꽃보다는 '열매'가 더 소중하다고 생각하며 사는 사람입니다. 인생의 절정은 꽃이 아니라 그 꽃이 피고 진 다음 맨 나중에 열리는 '열매'가 아닐까… 이게 제 철학이고, 그렇게 살려고 애쓰는 사람이지요.

이 책은 그렇게 살아오는 과정에서 느꼈던 저의 생각들을 편안한 마음으로 적은 것입니다. 뒷골목 선술집에 마주 앉아 부담 없이 이야기하듯 엮었습니다. 이 이야기 속에서 행복한 에너지를 느끼신다면 더 이상 바랄 게 없겠습니다.
'뭐… 남서방도 저렇게 사는데 나도 더 재미있게 살아볼까!' 이런 마음 말입니다.
자, 떠나 보실래요? 울퉁불퉁 하하호호 살아온 남서방 이야기 속으로!

2015년 여름에

프렌닥터 **남재현**

● 남재현 원장은 내 제자라서 하는 말이 아니라 장차 명의가 될 사람이거나 이미 명의가 된 사람이다. 평소 내가 아끼는 제자로서 무엇보다 환자들의 고통이나 궁금한 점 같은 이야기를 잘 들어 주는 의사로 소문나 있다. 아마 SBS에서 방영되는 '백년손님'도 이러한 그의 성품 때문에 사랑을 받고 있는 것이라고 본다.

— **허갑범**(연세대 명예교수, 전 대통령주치의)

● 후포리 남서방은 늘 우스갯소리처럼 자신은 '낮에는 진료 잘 하고, 저녁엔 술 잘하는' 유쾌한 의사라고 말하는데 나 역시 공감하는 얘기이다. 그의 곁에서 오랫동안 보아온 사람 중의 한 사람으로서 남

원장은 탄탄대로를 걸어온 의사가 아니라서 세상을 바라보는 시각도 남다르다. 그래서 한번 그의 매력에 빠지면 반하지 않을 사람이 없다.

— **정휘동**(청호나이스 CEO)

● 남재현 박사는 나의 좋은 친구이다. 무엇보다 그와 함께 있으면 세상이 밝아지는 느낌이 든다. 이 책 속의 진솔한 이야기를 읽으면서 그가 왜 '국민 사위'인지를 알겠다. 한마디로, 남재현 박사는 우리네 지치고 힘겨운 삶에 희망의 아이콘이다. 그를 보면 위안을 받는다.

— **나경원**(국회의원)

차 례

세 번째 이야기 - **쩨쩨하지 않게, 행복하게**

네 번째 이야기 - **괜찮아요, 좋아요**

첫 번째 이야기

울퉁불퉁 내 인생은

슬픔도 좋은 추억이다

사람들은 내가 꽤 부잣집 아들인 줄 안다. 얼핏 보면 '차도남' 같은 얼굴에다가 피부도 하얗고 직업도 의사이다 보니 좋은 가정환경에서 애지중지 자란, 잘나가는 의사쯤으로 본다. 뭐 싫은 얘기는 아니지만, 사실은 그렇지 않다.

어린 시절 우리 집은 아주 가난한 건 아니지만 그렇다고 부자는 더더욱 아니었다. 더구나 어렸을 적에는 한 집에서 6개월 이상 살아본 적이 없다. 누나와 형, 우리 쌍둥이 남매, 이렇게 네 식구가 큰어머니네, 외할머니네, 삼촌네를 떠돌면서 얹혀살았다. 어머니는 아버지와의 불화 때문에 자식들을 위해 먼저 자리를 잡겠다며 미국으로 떠나 계셨고, 아버지는 결핵으로 한쪽 폐와 다른 쪽 폐의 3

분의 2 정도를 절제하고 인천 요양소에 입원해 계시던 시기라서 우리 가족은 뿔뿔이 흩어져 부평초처럼 살았던 것이다.

그렇게 보면 나는 내 또래 중에서도 꽤 굴곡 있는 유년 시절을 보냈다고 하는 게 맞을 것이다.

중고등학생 시절 내 별명은 '땜통'이었다. 시골서 자라면서 기계충에 걸려 두피 손상으로 머리에 허연 흉터가 많이 생겼는데, 그때는 학생들 머리를 바리캉으로 아주 짧게 밀고 다녔으므로 기계충 자국이 덕지덕지 땜질한 것 같다고 해서 '땜통'이라고 부른 것이다.

공부도 잘하는 축에 끼지 못하고 그저 그랬다. 초등학생 때 성적표를 받아 보면 '수'는 눈을 씻고 봐도 없고 '우'하고 '미'가 그득했다. 또 공부해라 어찌해라 말해 줄 어른도 없었다. 성적표를 받아 가도 그걸 보자는 사람도 없었고, 그냥 가방 속에 처박아 두었다가 개학할 때 다시 가져가 제출할 정도였다.

빡빡 깎은 머리는 '땜통' 투성이에다 말수도 없어 외톨이처럼 지냈고, 작은 키에 공부도 시원찮았으니 한마디로 존재감 없는 천덕꾸러기였다.

초등학생 시절, 왜 학교에 다녀야 하는지도 모르고 시계추마냥 왔다갔다만 했다. 또 내가 다닌 공립학교에선 육성회비가 매달

150원, 300원, 450원, 600원으로 등급이 정해져 있었는데, 집안 형편이 넉넉지 않아 그나마의 육성회비도 제때 내지 못했으므로 더 기죽어 다녔다. 그때는 육성회비를 내지 못한 아이들을 담임선생님이 수시로 불러 채근하곤 했다. "너희들이 육성회비를 안 내 내가 매일 교장선생님한테 혼난다."며 야단을 쳤다. 그러면 우리는 고개만 푹 수그린 채 한참을 서 있다가 자리로 돌아왔다. 그렇게 해도 납부 실적이 오르지 않으면 수업 도중에 육성회비 안 낸 아이들을 일으켜 세워 집으로 돌려보내기도 했다. 나도 그 축에 끼어 교실에서 쫓겨나곤 했고, 집에 돌아와 혼자 울던 기억이 난다. 아무도 없는 집에서.

이 정도면 나의 어린 시절이 눈에 선하게 그려지지 않을까. 다시 말하지만, 나는 부잣집 귀공자도 공부 잘하는 똘똘한 아이도 아니었다. 그런데 희한한 것은, 그런 여건 속에서도 나는 아주 슬퍼하거나 힘들어하지 않았다. 뭐, 이런 게 나에게 주어진 환경이구나, 그 정도로 여기고 살았다.

특별히 나쁜 기억도 없다. 지금도 잠자리에 들려면 서울 필동의 외할머니 댁에서 살던 때가 문득문득 떠오른다. 한 방에서 일곱 명씩이나 잠을 자려면 이불을 다 깐 다음 이모가 한 사람 한 사람 발 뻗을 방향을 알려주어야 누워 잘 수 있었다. 비좁은 방에서 올망졸망 살았지만 마음만은 푸근했던 기억이다. 어쩌다 외할머니가 돼지 비계를 사다가 김치찌개를 끓여 주시면 그날 저녁은 무척 행복했는데, 지금도 그 추억이 남아서인지 나는 김치찌개를 엄청 좋아한다.

아버지는 전남 순천시 승주군 서면 시골에서 태어나 자라셨다. 일제와 6 · 25를 겪으면서 정규교육을 받지 못하셨는데, 독학으로 행정고시에 합격하여 서울로 올라와 상공부(요즘의 산업통상자원부 전신)에서 근무하셨다. 1950년대 중반 총각 시절의 일이었는데, 비유하자면 과거급제를 해 한양으로 올라온 것이었다. 거기에다 인턴으로 근무하던 여덟 살 연하의 서울치대 여대생을 만나 결혼까지 했으니, 요즘 말로 하면 대박을 두 번이나 터뜨리신 셈이다.

그런 아버지가 공무원으로 일하는 데 있어 커다란 걸림돌이 있었으니, 그것은 서울의대를 나와 의사로 근무하던 형님이 6 · 25 당시 납북되었다는 사실이다. 전쟁통이지만 환자를 놔두고는 차마 피난을 갈 수 없어 병원에 남은 의사들이 북으로 끌려가게 되었는데, 이 사실이 두고두고 연좌제에 걸려 아버지 공직생활의 발목을 잡았다.

그렇지만 대학 문턱에도 못 가보고 지역차별까지 받던 호남 출신, 거기에다 납북(당시는 일단 월북인사로 취급하는 분위기였지만) 가족이 있다는 악조건에도 불구하고 1960~70년대에 상공부 국장을 거쳐 관리관까지 지내셨으니, 거의 기적에 가까운 일이라고들 했다.

더구나 너무 마른 체형의 아버지는 1960년대 중반 결핵에 걸려 한쪽 폐를 절제해야 했고, 다시 반대편 폐에 재발하여 나머지 폐의 3분의 2를 절제한 뒤 오랜 세월 요양소 신세를 지셔야 했다. 결핵이 재발해 내성균이 생겼다면 거의 돌아가시는 거였다. 요즘처럼 좋은 결핵 치료제가 없던 때라서 회복될 가능성이 없다고들 했다. 그럼에도 불구하고 잘 회복해 직장에 복귀하고 예순아홉 살에 돌아가셨으니 놀라운 일이라고 할 수밖에 없다.

직장에 복귀하신 아버지는 말년에 상공부 관리관으로 근무하셨다. 당시에는 관리관으로 3년인가 5년 근무하면 변리사 자격을 주는 제도가 있어서 아버지는 은퇴 후 변리사 일을 하게 되셨고, 그때부터 자연스레 우리 집 형편도 나아졌다. 때마침 우리나라 경제도 한참 도약하던 때라서 일본의 소니나 파나소닉 같은 회사의 특허를 도입하는 일을 하면서 돈을 많이 버셨다. 이즈음 나는 의대 본과에 다니다 군의관으로 군복무를 마치고, 박사학위를 받은 뒤 전공의 공부를 할 무렵이라 아버지 도움을 많이 받았다. 생각해 보면, 그때가 가장 여유 있게 살던 시절이었다.

선배 세대나 우리 또래 모두 넉넉지 않던 시대에 살았지만 나의 유년 시절은 그보다 좀 더 힘겨웠던 게 사실이다. 그러나 다행스럽게도 나는 그때의 가난과 외로움을 좋은 추억으로 간직하고 있다. 아마도 꼭 절실한 것이 아니면 아무 생각 없이 지나쳐 버리는 약간 어리바리한 성격에다가, 매사에 긍정적으로 생각하는 천성이 있어서 그 어려웠던 시절을 큰 상처 없이 지냈는가 보다.

끝이 보이지 않던 시절

청년 시절에 영화 '겨울 나그네'를 보고 가슴이 찡했던 기억이 난다. 곽지균 감독 데뷔작으로 강석우와 이미숙이 주연을 맡아 크게 흥행했던 영화다. 요즘으로 치면 '건축학개론' 정도를 떠올려도 좋을 영화다.

1984년 신문에 연재된 최인호의 소설을 1986년에 영화화한 것인데, 암울한 1980년대를 살아낸 청춘들의 아픔을 이야기하고 있어 감동적이었다. 대학생활이 순탄치 않았던 나로서는 강석우처럼 대학도 졸업하지 못하고, 사랑하는 여자와 헤어져 아무도 모르는 뒷골목에서 죽을 수도 있겠구나 하는 센티멘털한 감정에 빠지게 만든 영화였기에… 지금도 잊을 수가 없다.

잘나가는 집안의 서자로 태어나 의사를 꿈꾸는 순수한 의대생 민우(강석우 분)는 음대생 다혜(이미숙 분)를 만나 사랑에 빠진다. 그런데 아버지가 사업 실패로 쓰러지자 민우는 혼자서 채권자들과 맞서다가 아버지를 해코지하려던 사람을 폭행하고 교도소에 들어가게 된다. 이후 민우는 형기를 마치고 출소하지만, 남은 가족들은 몰래 미국으로 이민을 떠나 버리고 돈도 한푼 없어 대학으로 돌아갈 수 없는 처지가 된다. 혼자 된 민우는 미군 기지촌에 있는 이모(김영애 분)를 찾아갔다가 그곳에서 정착하게 되고, 첫사랑에 대한 애절한 그리움만 간직한 채 윤락녀 은영(이혜영 분)을 만나 동거생활을 시작한다.

이모는 민우에게 술장사를 시키고, 심지어 밀수에도 관여하게 한다. 그러는 사이 순박한 영혼의 청년은 서서히 망가져 첫사랑을 그리워하며 자살에 이르게 된다.

한편, 민우를 잊지 못해 찾아 헤매던 다혜는 민우의 선배 현태(안성기 분)에게 의지하게 되고, 다혜에게 사랑을 느낀 현태는 민우의 소식을 감춘 채 다혜의 마음을 자신에게로 돌려 결국 둘은 결혼한다.

시간이 흘러 은영이 다혜와 현태 앞에 나타나 민우의 죽음을 전하며 그의 아이를 맡긴다. 민우의 유일한 사랑은 다혜였다는 사실을 알고 있다면서….

현태는 군사독재와 타협하며 사는 현실주의자들을 말하고, 민우는 1980년대의 암담한 현실에 저항하며 살아가는 사람들을 상징하는 듯해 가슴 아파하며 본 영화였다.

그런데 이렇듯 불안하기만 한 청춘의 상황은 우리 이전 세대, 즉 아버지 세대가 청년 시절이던 1950년대에는 더 심했던 것 같다. 아버지(1929년생)와 비슷한 연배이던 박인환은 1926년에 태어나 서른의 나이로 요절한 시인인데, 6 · 25 이후 절망과 허무 속에 〈목마와 숙녀〉라는 명시를 남겼다.

(……)
한 잔의 술을 마시고
우리는 버지니아 울프의 생애와
목마를 타고 떠난 숙녀의 옷자락을 이야기한다
목마는 주인을 버리고 그저 방울소리만 울리며
가을 속으로 떠났다 술병에서 별이 떨어진다

상심한 별은 내 가슴에 가벼웁게 부서진다
(……)
인생은 외롭지도 않고
그저 낡은 잡지의 표지처럼 통속하거늘
한탄할 그 무엇이 무서워서 우리는 떠나는 것일까
목마는 하늘에 있고
방울소리는 귓전에 철렁거리는데
가을바람 소리는
내 쓰러진 술병 속에서 목메어 우는데

이 시에 등장하는 버지니아 울프는 영국 런던 태생의 여류 소설가로 1차 세계대전과 함께 유럽이 해체되고, 영원할 것 같던 사회가 붕괴되는 혼란기를 맞아 주머니에 돌을 가득 채운 채 우즈 강에 몸을 던져 자살했다. 시대 상황은 달라도 불안한 미래로 인해 방황하는 청년들은 언제, 어디에나 있었던 것 같다.

그럼 현재 우리의 청춘들은 어떤가? 청년실업, 88만원 세대, 양극화와 저성장, 결혼 여부와 관계없이 가정을 꾸리기가 힘들고 아이를 낳아 키우기는 그보다 더 힘든 세상, 저출산 · 고령화에 노후

후포 바닷가 오징어 덕장

호랑이 무늬는 밖에 있고 사람의 무늬는 안에 있다.
-라다크 속담

를 계획할 수 없는 사회… 이 모든 것들이 우리 젊은이들의 앞에 큰 장벽으로 버티고 있다.

내가 대학을 다니던 1980년대에도 현실은 왜 그렇게 싫었는지…. 무자비한 군홧발에 꽃다운 청춘이 짓밟히고, 미래는 한 치 앞이 보이지 않을 만큼 불확실하고, 시위하다 구속된 친구들은 군대로 끌려가고, 그 떠나는 친구에게 미안해 밤새 술을 마시고 토하던… 말로 다할 수 없이 힘겹고 가슴 아픈 시절이었다.

돌이켜 보면, 불안의 이유는 달랐지만 아버지 세대나 우리 세대나 아픈 것은 다 똑같았던 거 같다. 비슷한 이치로, 요즘 젊은 세대도 참 많이 힘들어 보인다. 아니다, 우리보다 더 힘들고 더 절망적인 세상을 살고 있다는 생각이 든다.

열심히 공부해도 취업은 낙타가 바늘구멍에 들어가는 것만큼이나 어렵고, 일한 만큼 정당한 대우를 받는 이들은 극소수에 불과하고… 절망감에 휩싸여 좌절의 늪에서 헤어나오지 못하고 있는 청춘들이 즐비하다. 무척이나 불안하고 무척이나 비관적인 현실이다.

미안한 마음이지만, 그래도 위로하고 싶다. 나 역시 끝이 보이지 않는 고통 속에서 속상하고 힘들던 때가 있었다. 미래와 희망은 너무도 까마득해 보이지 않았다. 포기하고 싶다는 생각이 문득문득 들었다. 하지만 그 아픔을 딛고 앞으로 한 발 한 발 걸어 나갔다. '앞만 보고 가자. 나의 아버지도, 나의 아버지의 아버지도 시대를 아파하지 않았던가. 그러니 나도 그 아픔 속에서 앞으로 나아갈 수밖에 없다. 내일을 향해 가자.' 그랬더니, 끝이 보이지 않던 고통이 점차 사라지고, 언제부턴가 희망도 싹을 틔우기 시작했으며, 우리 사회를 덮고 있던 먹구름도 바람에 날아가 버리는 것이었다.

'겨울 나그네'의 민우처럼 불행해지지 않은 것은 내 젊은 날의 행운이었다.

후포리 남서방

사람들은 나를 내과 의사 '남재현'보다 '후포리 남서방'으로 더 잘 알고 있다. SBS '자기야-백년손님' 프로그램에 2년 넘게 출연하면서 얼굴이 알려졌으니 당연한 일이다.

처음으로 예능 프로그램에 출연하게 된 이유는 의사의 권위적이고 딱딱한 이미지에서 벗어나 보겠다는 일말의 '사명감' 같은 것 때문이었다. '의사, 뭐 유별날 것도 없는데…' 탈권위주의라고나 할까, 그런 마음에서 출연했다.

이젠 대부분 아는 내용이지만 나는 잘나가는 도시 의사도 아니고, 소위 '까도남'은 더더욱 아니다. 천성적으로 소탈하고 격의 없는 걸 좋아하고, 전공 분야를 빼면 나머지는 서툴고 어눌하다. 전문직이다 보니 일상적인 것에 잘 적응하지 못하고 엉성한 부분이 많다. 그래서 옆집 아저씨 같은 '후포리 남서방'이 시청자들의 사랑을 받고 있는 게 사실이다. 그렇지만 이러한 인기는 나 한 사람 때문은 아니다. 의사 남재현보다 후포리 장모님—이춘자 여사, 우리 장모님 덕분에 날개를 단 것이다.

바닷가 시골에서 4녀 1남을 어렵게 키운 장모님의 모습에서 시청자들이 공감을 얻으니까 사랑을 받는 것이다. 가족을 위해 고생하고, 가족을 위해 헌신하는 후포리 장모님을 보면서 바로 '나의 어머니'를 떠올리는 것이다.

사실 애초에 강제로 처가살이 체험을 시킨다며 출연 제의가 왔을 때는 완곡하게 거절했다. 장인 장모님은 예능 프로가 뭔지도 모르시는 분들이고, 집이 너무 작고 낡아서 TV에 나가는 걸 싫어하셨다.

그런데 이 핑계 저 핑계를 댔지만 사실 가장 큰 걸림돌은 내가 장모님 말을 못 알아듣는다는 점이었다. 실제로 장모님 말씀을 50% 이상은 독해(?)를 하지 못하니 방송을 한다는 게 너무 부담스러웠다.

가끔 후포로 안부전화를 드릴 때도 장모님께서 “남서방 잘 있었나?” 그러면 나는 “네…”라고 대답하고는 얼른 아내를 바꿔 주었다. 휴가를 후포리로 가서 저녁 먹고 장모님과 얘기할 때에도 아내가 통역해 주지 않으면 바로 서먹서먹했다. 평소에도 이런 정도인데, 아내도 없이 처갓집에서 1박2일을 보낸다는 것은 상상도 할 수 없었다. 게다가 장모님 성격이 체면 따지고 없는 말 하는 분도 아니다. 당신 뜻대로 거침없이 하시는 분이라서 방송을 하기가 쉽지 않을 것 같았다.

이 같은 악조건에도 불구하고 제작진이 후포리에 내려가 한 달간 끈질기게 설득한 끝에 마침내 촬영을 하게 되었다. 나는 내심 이렇게 생각했다. ‘나도 못 알아듣는 사투리로 방송하니 시청률만 까먹다가 곧 그만두게 되겠지….’ 그런데 어찌된 일인지 2년 넘게 계속하고 있다!

그리고 나는 의사 남재현이 아니라 후포리 사위 남서방으로 이름을 날리게 되었다. 더구나 오랫동안 잊혀졌던 후포항이 다시 유명해지고, 후포리로 여행 오는 사람들도 늘어나고 있다. 촬영이 없는 날에도 관광객들이 몰려들어 장인 장모님께 불편을 드려 죄송한 마음이다.

장모님 모습 안에 우리들의 어머니가 있다.

후포리 마을 풍경

처갓집에 안 다닌 진짜 이유

후포리를 처음 가본 것은 결혼 한 달 전 함을 팔기 위해 갔을 때였다. 당시에는 울진 · 삼척 하면 1967년에 무장공비가 침투했던 곳이라는 선입관이 깊이 박혀 있어서, 인적 없는 바닷가 마을 정도로만 생각하고 있었다. 그런데 그 울진 아가씨와 결혼하게 되어 함을 팔러 가게 된 것이다.

토요일에도 근무하던 시절이라 친구들과 서울에서 오후 1시쯤 출발했다. 요즘은 영동고속도로를 타고 강릉으로 가서 7번국도로 가는 코스를 주로 이용한다. 몇 년 전 7번 국도가 잘 포장되어 길이 아주 좋아졌기 때문이다. 그렇지만 이전에는 영동고속도로의 정체가 심해 경부고속도로를 타고 대구를 거쳐 포항까지 간 뒤 울진으로 올라가는 게 정석이었다.

물론 제천 · 영주에서 태백산맥을 꼬부랑길로 굽이굽이 넘어가는 방법도 있지만, 길이 너무 험해서 사고가 많이 나기 때문에 그 길로는 절대 못 오게 하셨다.

후포리에 도착하니 밤 12시. 집을 찾지 못해 한 시간 정도를 헤맨 탓에 시간이 너무 늦어 있었다. 늦은 저녁을 먹고 다들 피곤해서 바로 잠에 떨어졌다. 일요일, 다음날엔 출근들을 해야 하니 아침 겸 점심을 먹고 12시에 후포리를 출발했다. 다시 서울에 도착한 시각이 또 밤 12시. 이때부터 후포리는 장장 열두 시간이 걸리는 곳이라는 인상이 깊이 박히게 되었다.

결혼 후 레지던트 4년, 강사 생활 3년을 했다. 이 기간은 무척 바쁘기도 할 뿐 아니라 한 시간 한 시간이 굉장히 중요한 시기였다. 설이나 추석 연휴가 3~4일씩 되어도 중간 회진 돌고 밀린 차트 정리하고 논문도 쓰고… 이러다 보면 시간이 훌쩍 지나 개인적인 시간이 없었다. 그런데다 아이들도 어린 탓에 아내도 친정집에 다녀올 엄두를 내지 못했고, 장인어른과 장모님도 그러려니 하면서 우리가 다녀가지 않는 걸 섭섭해 하시지는 않는 눈치였다.

이렇게 지내다 보니 자연히 후포리에 자주 가지를 못했는데, 결혼 19년 동안 처갓집에 한번도 안 간 사람이라는 소문이 났다. 물론 전혀 가지 않은 건 아니다. 이는 휴가나 명절 때를 빼고 한 이야기인 것이다.

후포리는 좋은 관광지이기 때문에 휴가 때 몇 차례 다녀온 적이 있다. 거기에 더해 내게는 식탐이 조금 있어서, 막회부터 대게, 닭고기 등 먹거리가 많은 그곳을 나는 참 좋아했다. 더구나 장모님 손맛까지 엄청 좋으시니 내가 후포리에 가는 걸 좋아하지 않을 이유가 있겠는가. 나는 본래 음식을 가리지 않는다. 없어서 못 먹을 뿐이지 먹지 못하는 게 없을 정도로 먹성이 좋다.

처갓집에 가면 무슨 일이든 도와드리기 위해 나는 팔을 걷어붙인다. 솔직히 일솜씨가 없는 건 확실하다. 눈치도 없고 눈대중도 없다. 하지만 일하지 않으려고 빼거나 아예 뒷짐 지고 있는 타입은 아니어서 서툴러도 일단 시도해 보긴 한다. 그리고 갈 때마다 선물이나 용돈을 준비한다. 역시 연세 드신 분들에게는 백 마디 공경보다 용돈을 챙겨 드리는 게 훨씬 나은 일이니까….

다만, 장모님께서 사투리를 심하게 쓰시기 때문에 의사소통에 문제가 있었을 뿐이지, 내가 처갓집과 담을 쌓고 산 건 절대 아니다. 그러니 19년 동안 한 번도 내려가지 않았다는 얘기는 와전된

말이다.

요즘은 후포리에 자주 가는데, 나로 인해 고향집을 다녀가고 싶은 다른 식구들이 피해를 보고 있다. 왜냐하면 집이 좁고 방도 안방과 문간방뿐이라서 잠잘 곳이 부족한데, 내가 2년 넘도록 격주로 주말마다 '백년손님'을 찍고 있으니 다른 식구들은 다녀가기가 어려운 것이다. 집이 비좁아 명절 때라고 해도 온 식구가 다 모일 수도 없다. 그래서 4녀 1남이 서로 순서를 정해 다녀가곤 한다.

이참에 나는 후포리에 새 집을 지어 드리려고 마음먹고 있다. 그간 촬영한다고 고생하셨으니 두 분이 편히 사실 수 있고, 자식들이 언제라도 다녀갈 수 있는 집을 지어 드릴 생각이다. 지금의 집처럼 겨울엔 춥고 여름엔 더운 집, 부엌은 좁고 화장실은 바깥에 있는 집 말고 아파트처럼 편안히 사실 수 있는 집을 지을 생각이다. 그래서 아들과 딸, 손주들이 와서 왁자지껄 지내고 갈 수 있게 해 드리고 싶다.

또, 농사를 조금만 짓게 해 드리고 싶다. 나를 보면 허리가 아프다, 무릎이 아프다 말씀하시는데, 사실 퇴행성관절염은 쉬는 게 가장 좋은 치료다. 눈앞에 밭을 놔두고 그걸 놀리는 것은 죄를 짓는 일이라며 농사일을 하시는 분이니, 밭 한쪽에 집을 지어 드리면 그만큼 밭이 줄어들어 일을 적게 하시지 않겠는가.

조만간 새 집을 지어 온 식구가 모두 모이게 되면 맛있는 회도 자주 먹을 수 있을 것이다. 더구나 제천에서 태백산맥을 관통하는 터널이 뚫리면 서울에서 세 시간 남짓이면 갈 수 있으므로 더 자주 찾아뵐 수 있을 것 같아 기대가 된다.

후포리로 놀러 오세요

'백년손님' 덕분에 울진 후포항이 다시 뜨기 시작했다는 말을 듣는다. 근래에는 서울에서 후포리를 다녀오는 관광상품까지 등장했다! 후포항에서 대게와 회를 먹고, 백암온천이나 덕구온천을 들러 평해 월송정, 거일 바다를 구경하는 코스다.

경북 울진군 후포면 후포리. 20~30년 전만 해도 후포항은 인근에서 가장 크고 인구도 2만 명이나 되는 곳이었다. 그런데 지금은 주민이 7~8천 명 정도로 줄고, 오히려 남쪽의 강구항, 북쪽의 죽변항이 더 커졌다. 예전에 '그대 그리고 나'라는 드라마를 사실은 후포리에서 거의 다 촬영을 했는데, 영덕에서 몇 번 촬영한 탓에 주 촬영지가 영덕으로 알려질 정도로 후포리는 이름 없는 고장이었다.

실제로 후포항에서 잡은 생선과 대게 경매량은 전국에서 다섯 번째 안에 손꼽힐 정도로 어획량이 많다. 후포항에서 한 시간 정도 나가면 왕돌잠이라고 하는 해저산맥이 있는데 그곳에서 고기가 많이 잡힌다고 한다. 하지만 이렇게 많이 잡힌 생선들이 후포항에서 소비되지 못하고 남쪽으로는 영덕 강구항, 북쪽으로는 죽변항에서 더 많이 팔린다. 강구와 죽변에 횟집들이 줄지어 있는 것에 비하면 후포는 한산한 편이다.

이래저래 관광객들이 비켜가고 한산하기 짝이 없던 후포항에 다시 인파가 몰리고 있다니 기분 좋은 일임에 틀림이 없다. 후포리 주민들도 얼마나 좋아들 하시는지 모르겠다.

살다 보면, 꼭 내 몫이 되는 건 아니어도 나로 인해 잘되는 사람이 있으면 더불어 기분이 좋다. '백년손님' 덕분에 대박이 난 집이 많은 것도 기분 좋은 일이다. 버스터미널 부근의 대게풀빵은 휴일이면 줄을 서서 사먹어야 한다. 부부와 쌍둥이 딸이 있는 집인데, 장사가 잘돼 온 식구가 행복하게 살고 있다. 또, 내가 좋아하는 뒷골목 음식점 가운데 대게짬뽕집은 대대박이 났고, 대게국수집도 손님들이 끊이지를 않는다.

후포항 거리

'백년손님' 덕분에 후포항이 다시 활기를 찾았다니 진정 기쁘다.

후포리는 나에게 제2의 고향이다. 아버지는 전남 순천시 승주군 서면 화정리가 고향이신데, 젊은 날에 서울로 올라와 결혼하고 서울서 우리 남매들을 낳았다. 그래서 내 본적지도 서울 중구 필동이다. 예전엔 순천에 큰어머니가 두 아들하고 살고 계셨으나 일찍 돌아가셔서 지금은 친척이 아무도 없다. 연고도 없고 어린 시절 추억조차 없으니 승주가 고향이란 느낌이 잘 들지 않는다.

반면에 후포리에는 장인 장모님이 계시고, 시골 정취가 고스란히 살아 있는 마을이어서 갈 때마다 고향 같은 느낌이 든다. 푸른 바다와 산이 있고, 바다를 낀 정겨우면서도 멋진 풍경들이 있다. 솔숲과 바다가 조화를 이룬 월송정, 등기산공원도 멋지고, 바닷가 갓바위, 후포등대의 야경은 또 얼마나 운치가 있는지…. 여름에는 후포에서 요트 경기도 열린다. 게다가 '백년손님' 촬영 때문에 격주로 백 번도 넘게 들락거리다 보니 정이 들 대로 들었다. 마을 분들과도 이젠 무척 친해져서 친척처럼 가까운 사이가 되었다.

후포리에는 특히 내가 좋아하는 먹거리가 많아서 좋다. 우리나라 사람들은 활어회를 좋아하는데, 나 역시 좋아한다. 한번은 선장님 배를 타고 나가 고기 잡는 것을 도와드리고 그날 잡은 생선을 조금 얻어와 회를 떠서 먹은 적이 있다. 그때 그 맛은 지금 생각해도 무어라고 말할 수가 없을 정도다.

후포에서 먹는 회가 서울에서 먹는 회보다 더 맛있는 이유는 재료가 신선하기 때문일 것이다. 보통 활어를 경매해서 서울까지 오는데 하루는 걸리고, 또 그것이 횟집 어항에서 하루 이틀 묵을 수밖에 없다. 이렇게 최소 3일 정도를 물고기가 아무것도 먹지 않고 멀미 속에 이동하고, 낯선 환경에서 스트레스를 받는다고 생각하면 당연히 선도가 떨어질 수밖에 없고 제 맛이 아니라고 봐야 한다. 현지에서 신선한 횟감을 적당히 숙성시킨 다음 바로 먹을 수 있다는 사실은 바닷가 마을 사람들에겐 보너스 같은 것이 아닐까.

아무튼 나는 후포에서 먹는 회가 확실히 더 맛있다는 걸 확인했다. 시간이 되는 분들은 산지에 가서 맛있는 회에 소주 한 잔 나누시길….

벼락처럼 얻어맞은 제명 처분

성공과 행복을 꿈꾸지 않는 사람이 누가 있을까. 누구나 행복을 꿈꾸지만 행복으로 가득 찬 인생을 사는 사람은 드물다. 사람 사는 세상에 늘 '맑음'만 있지 않은 것처럼, 살다보면 예기치 못한 일들이 수없이 일어나 행복이란 풍선에 바람구멍을 내곤 한다.

가을이 오면 나는 1983년 가을이 떠올라 엄청 우울해진다. 괜스레 눈물이 날 것 같은 기분에 한동안은 해마다 가을앓이를 하곤 했다.

1982년 봄, 나는 고등학교를 마치고 서울대 치대에 진학했다. 그런데 2학년이던 1983년 8월 말경 학교로 2학기 등록을 하러 갔다가 내 학적이 없어졌다는 사실을 알게 되었다. 더구나 '제적(다시 복학할 수 있는)'도 아니고 아예 '제명(복학이 불가능한)'이 되어 있었다. 나도 모르는 사이에 성적불량으로 제명 처분을 받게 되어 졸지에 학교를 그만두어야 하는 상황이 되었던 것이다. 하루아침에 캄캄한 나락으로 굴러 떨어진 기분이었다.

당시는 졸업정원제라는 제도가 있어서 상급 학년으로 올라갈 때 유급자가 나올 수도 있었으나 반드시 그런 것만은 아니었다. 다만 군사독재 시절에 이념서클을 하다 보니, 시위하느라 공부도 제대로 하지 않고 수업 거부에 앞장서고, 심지어 필수과목이던 교련 학점도 나오질 않았으니 잘리는 게 당연했을지도 모른다.

그런데 더 큰 문제는 2학기 수강신청 때까지도 이러한 사실을 전혀 모르고 있었다는 점이다. 학적이 없어진다는 것은 곧 대학생 신분을 잃게 되는 것이므로 군대 입영통지서가 자동적으로 날아오게 되어 있는데 그걸 모르고 있었던 것이다. 거의 강제입대 수준이라고 할까. 뭐 이런 와중에 주위 친구들은 하나둘 시위를 하다가 구속이 되고… 이래저래 눈앞이 캄캄했다.

결핵으로 생사의 고비를 넘나들 만큼 병약해지신 아버지가 펄쩍

뛰며 얼마나 화를 내시던지…. 엄청나게 화를 내시던 아버지가 불호령을 내리셨다. “이대로 군대에 가면 안 된다, 어차피 대학교는 다시 다녀야 하니 당장 학력고사(요즘의 수능) 준비를 해라.” 당시에는 학력고사 원서를 내면 일단 군 입대는 늦출 수 있었다.

무엇부터 어떻게 해야 할지 도무지 갈피를 잡을 수가 없었다. 모든 상황이 창피하기도 하고, 함께하던 친구들이나 시대에 비굴한 것 같기도 하고… 주위의 모든 것들과 헤어져야 한다는 현실이 슬프고 미안하고… 너무도 나약한 모습의 스스로가 부끄러웠다.

모든 게 암담하고, 내 힘으로 할 수 있는 일도 별로 없고, 어떤 일도 예측할 수 없는 막막함을 가슴에 안은 채 9월을 맞았다. 당시 학력고사는 11월 말에 있었으니 채 석 달이 남지 않았지만, 할 수 있는 만큼 해서 시험을 보자고 마음먹었다.

마음을 다잡고 나니 어느 정도 공부에 전념할 수 있었고, 운이 좋았던지 학력고사 성적이 잘 나와 연세대 의대에 합격하게 되었다.

그런데 연대에 입학해서도 다시 운동권에 가담했고, 공부는 그저 아슬아슬하게 학점을 유지해 나가는 정도로 만족해야 했다. 나는 선배 입장에서 대자보도 써 붙이면서 집회에 앞장서곤 했는데, 시대에 맞서 방황하는 아들 때문에 아버지는 늘 걱정이 많으셨다. 그러다가 본과 3학년 즈음에 ‘이젠 공부를 제대로 해야지 안 되겠다’라는 생각이 퍼뜩 들었다.

이렇게 우여곡절 끝에 의과대학을 무사히 마치고, 인턴 1년, 군의관 3년을 거쳐 내과 전공의 4년까지 해서 16년 세월을 보냈다. 그러고 나서 마지막 관문인 내과 전문의 시험을 일주일 앞두고 있을 때 아버지께서 돌아가셨다. 병약하신 분이고 큰 수술까지 받은 분이라 더 이상 장수하지 못하고 예순아홉에 세상을 뜨신 것이다.

전문의 시험은 공부할 게 많고 어려운 시험이지만, 그에 대한 걱정보다는 의사 아들로서 아버지를 제대로 모시지 못했다는 자책감이 밀려들어 견디기 힘들 정도로 슬프고 안타까웠다. 하지만 어쨌든 시험은 봐야 아버지 고생이 헛되지 않을 것 같아 시험장에 가긴 했는데, 지금 생각해도 너무 죄송하고 후회스럽기 그지없다.

학교에서 제명되고 다시 대학에 입학하는 등 방황하던 시절인 1980년대 후반쯤 서정윤 시인의 〈홀로서기〉라는 시를 읽으며 많은 위안을 받곤 했다.

(……)
홀로 선다는 건
가슴을 치며 우는 것보다
더 어렵지만

자신을 옭아맨 동아줄,

그 아득한 끝에서 대롱이며

그래도 멀리,

멀리 하늘을 우러르는

이 작은 가슴.

누군가를 열심히 갈구해도

아무도

나의 가슴을 채워줄 수 없고

결국은

홀로 살아간다는 걸

한겨울의 눈발처럼 만났을 때

나는

또다시 쓰러져 있었다.

(……)

죽음이

인생의 종말이 아니기에

이 추한 모습을 보이면서도

살아 있다.

나의 얼굴에 대해

내가

책임질 수 있을 때까지

홀로임을 느껴야 한다.

그리고 어딘가에서

홀로 서고 있을, 그 누군가를 위해

촛불을 들자.

허전한 가슴을 메울 수는 없지만

〈이것이다〉 하며

살아가고 싶다.

누구보다도 열심히 사랑을 하자.

우리 인생 앞에 주어진 것들이 모두 행복할 수는 없다. 〈홀로서기〉에서는 사랑에 관해 말하고 있지만, 더 나아가서는 세상살이에서 부닥치게 되는 모든 고난들을 서서히 이겨나가며 살아야 한다는 사실을 깨닫게 해 주었다. 그 무엇에, 그 누군가에게 더 이상 의지하지 말고 홀로 서라는 시인의 말이 가슴에 따스하게 와 닿았다.

사랑 내지는 인생에 닥쳐오는 고난, 젊은 날의 아픔을 딛고 한 걸음씩 성숙해져 가는 과정, 그리고 중고교 때 그토록 동경하던 대학에 들어가 정의와 이상을 향해 뛰어다니던 시절… 마침내 1983년

9월은 내 인생의 큰 전환점으로 기록되었고, 나는 아직도 가을이 되면 괜히 눈물이 날 것 같은 기분에 젖는다.

가난도 힘이더라

온 국민을 울린 영화 '국제시장'. 6·25가 끝나고 찢어지게 가난했던 1950~60년대에 주인공 덕수가 허리가 휠 정도로 일하며 가족을 위해 희생하는 모습을 보면서 나 역시 눈물깨나 흘렸다. 그토록 하고 싶은 공부도 내려놓고 파독 광부로 다녀오고, 또 월남에 가서는 죽을 고비를 여러 차례 넘나든다. 덕수를 닮은 우리들의 아버지, 형님들이 다 그렇게 열심히 사셨기 때문에 지금 우리가 풍요를 누리며 살고 있다.

나도 노후에 궁핍하지 않도록 준비도 좀 하고, 아이들도 남들만큼은 뒷바라지하기 위해 열심히 일하고 있다. 방송에서도 말한 적이 있지만 병원을 개원하면서 진 빚도 꼬박꼬박 갚아 나가고 있다.

가만히 보면 가난이, 좀 모자란 형편이, 그리고 빚도 좀 있는 것이 하루하루 최선을 다해 살아가게 하는 힘이 되는 거 아닌가, 그런 생각도 해 본다.

운동에는 소질이 없지만 나는 야구를 엄청 좋아한다. 요즘은 프로야구를 자주 보지만 중고교 시절에는 고교야구가 최고 인기였다. 그때는 TV 중계는 생각도 못했고 라디오로 중계 방송했다. 작은 트랜지스터라디오로 야구 중계를 듣는 것이 로망이던 시절이었다.

역전의 명수 군산상고, 야구천재 삼진왕인 경남고의 최동원 투수, 너무 혹사당해 아픈 팔로 울면서 피칭했다는 사이드암 이길환 투수… 야구에 관한 정보라면 하나도 빠짐없이 다 꿰뚫을 만큼 야구광이었다.

중학생 때 학교에서는 외톨이였어도 집에 돌아오면 야구 글러브를 끼고 마당에서 벽에 대고 공던지기를 하며 놀았다. 틈만 나면 집안에서도 연식 정구공으로 야구놀이를 할 정도였다.

내가 어렸을 적, 일본에서 맹활약하던 장훈 선수는 한국인의 프라이드를 드높여준 영웅이었다. 요즘으로 치면 메이저리그의 박찬호, 류현진, 추신수, 강정호 선수를 다 합친 정도라고 해도 지나치지 않았다.

일본에서 흔히 '홈런은 오 사다하루, 타격은 하리모토 이사오(장훈), 찬스는 나가시마 시게오'라고 했지만, 사실 장훈 선수는 이 모든 것을 갖춘 위대하고 유일한 선수였다. 거기에다 빠른 발까지 가진 준족의 선수. 세계 야구사에서 통산타율 3할, 500홈런, 300도루 이상을 달성한 선수는 장훈과 메이저리그의 윌리 메이스밖에 없다. 참 대단하지 않은가.

하지만 이러한 대기록보다 더 감동적인 것은 이 선수의 가난했던 어린 시절 이야기이다. 장훈 선수의 아버지는 고향인 경남 창녕에서 농사를 지으며 너무 힘겹게 살았는데, 1939년 가세를 일으켜 보겠다고 일본으로 건너가 작은 고물상을 열었다고 한다.

그런데 집안에 우환이 그치질 않았다. 장훈 선수는 네 살 때 오른손에 화상을 입어 오른손 엄지와 검지가 제대로 자라지 못하고, 나머지 세 손가락은 거의 붙어 버려 오른손투수가 될 수 없는 장애를 입었다.

1945년 8월 6일, 히로시마에 원자폭탄이 떨어졌을 때 큰누나는 산에 있다가 온몸에 심한 화상을 입고 "엄마, 아파."를 고통스럽게 외치다 죽었다고 한다. 그리고 1946년, 아버지는 고향에 잠깐 조부님을 뵈러 간다고 떠난 후 다시는 일본으로 돌아오지 못하고 말았다. 식도에 생선 가시가 걸려 식도 파열로 두 달간 고생하다 눈을 감은 것이다. 이때부터 일본어도 할 줄 모르는 어머니가 어린 세 남매를 맡아 키웠다.

장훈 선수는 초등학교 5학년 때 피나는 훈련으로 왼손투수가 되었는데, 설상가상으로 고등학교 때 연습을 무리하게 해 왼쪽 어깨마저 망가졌다. 요즘의 의학적 소견으로는 인대손상이나 근육파열이 아니었을까 싶다.

일본인의 텃세와 괄시, 그리고 절망감을 무릅쓰고 그는 다시 타자로 전향하여 하루에 1,000번씩 스윙 연습을 하는 불굴의 의지를 보였다. 오른손잡이가 우타자를 해도 수위타자가 되기는 힘든 노릇인데 오른손잡이가 왼손타자로 바꾸어 일본 최고의 타자가 되었으니, 거기에는 상상 이상의 노력이 있었음을 짐작할 수 있다.

장훈 선수는 그 힘이 가난에서 나왔노라고 말했다. 야구를 잘해서 맛있는 밥을 배불리 먹고 싶고, 또한 어머니를 편안하게 모시고 싶다는 간절한 바람이 힘든 고비를 이겨낼 수 있는 원동력이 되었다는 것이다.

우리 선배 세대나 내 또래들은 가난이 몸에 밴 세대이다. 학교 다닐 때에도 도시락에 계란 프라이 얹어 오는 친구는 정말이지 몇 안 되었다. 그들이 밤새워 공부한 이유가 무엇이겠는가. 오로지 잘 먹고 잘살아야 한다는 일념에서였다.

어릴 적 아버지의 병 때문에 여기저기 떠돌며 살다가 초등학교는 외할머니가 사시던 서울 중구 필동에서 다녔다. 학교에 가려면 대한극장 앞을 지나 퇴계로를 따라 회현동까지 걸어가야 했다. 한 30분 거리인데, 이것저것 기웃대며 덜렁덜렁 걸어 다녔다. 선생님한테 혼나지 않으려고 숙제는 꼭 했지만 숙제 외에 공부를 더 해야 하는 이유는 모른 채 다녔다. 한마디로 지진아 수준이었다면 좀 과장일까?

키 작고 말수도 없고, 쌈박질도 못하는 아이였지만 왕따를 시키거나 괴롭히는 애들은 없어 그나마 다행이었다. 그냥 남들 다 다니는 학교니까 왔다 갔다 할 뿐이었다. 그러다가 아버지가 기적적으로 회복해 퇴원하셨다. 때마침 결핵약이 새로 개발되어 3제요법을 할 수 있게 된 것이 주효했다. 뼈만 앙상한 몸으로 퇴원하셨는데, 폐활량이 정상인의 반밖에 안 돼 꽤나 숨차 하면서 생활하셨다. 아침마다 남산으로 산책을 나가시는데 10분 걸으면 5분을 쉬어야 걸으실 수 있었다. 그래도 나는 어린 마음이어서 그랬는지, 아버지를 따라 다녔던 남산 약수터가 좋은 기억으로 남아 있다.

초등학생 때 가장 싫었던 것은 소풍이다. 소풍 때면 다들 엄마랑 같이 오는데 나는 혼자서 갔고, 친구도 없이 한쪽 구석에 외롭게 앉아 밥을 먹는 게 싫었다. 그럴 때마다 소풍이라는 게 아예 없어졌으면 좋겠다는 생각을 많이 했다.

학교에서 돌아오면 가방을 던져놓고 대문 앞에 앉아 멍하니 시간을 죽이거나, 담벽에 대고 공놀이를 하거나, 마당에 앉아 흙놀이를 하는 게 일상의 전부였다. 이렇게 6년을 보내고 중학교에 들어간 뒤 한 달쯤 지나선가 시험을 보았다. 이때부터는 석차가 매겨져 나왔는데, 나는 깜짝 놀라지 않을 수 없었다. 내가 봐도 한심한 지경이었던 것이다.

빡빡 깎은 머리는 땜통 투성이인데다가 말수도 적어 사교성도 없지, 키도 작은 녀석이 공부까지 못하니 완전 천덕꾸러기가 된 기분이었다. 더구나 용돈도 없어 매점에도 가지 못하고, 방과후 친구들하고 분식집에 가는 일은 꿈도 꿀 수 없었다.

'아, 이러다가 대학 가기도 힘들겠다' 하는 생각이 불현듯 들었다. 그래도 대학은 가야 하지 않을까 해서 공부를 해 보려고 했으나 교과서는 글씨만 컸지 별 내용도 없고, 다른 아이들은 모두 참고서로 공부하고 있었다.

아버지께 참고서를 사야겠다고 말씀드렸더니, 아버지는 "공부 못

후포항의 새벽

하는 놈들이 꼭 참고서 타령이야. 교과서만 잘 봐도 다 100점 맞을 수 있다." 하시면서 야단만 치시는 것이었다. 그런데 아무리 생각해도 교과서만 보고서 시험을 잘 볼 수는 없겠다는 생각이 들었다. 그래서 수업이 끝나면 도서관에 가 친구한테 "너 지금 공부 안하고 있는 참고서 좀 빌려 줄래?" 하고는 참고서를 빌려 보았다. 그러다 얼마 후 그 친구가 참고서 돌려달라고 하면 이번에는 다른 과목을 빌리거나, 아니면 또 다른 친구의 참고서를 빌려서 공부했다.

이렇게 하면서 한두 번은 빌렸지만 언제 또 빌릴 수 있을지 모르는 일이었으므로 언제부턴가 참고서를 빌리면 연습장에다 그대로 베끼기 시작했다. 그런데 이렇게 하루하루 필사본 참고서를 만들다 보니까 그 내용이 저절로 다 암기가 되었다.

이 필사본 덕분에 그 다음 시험에서는 전교 1등을 하게 됐다. 학교가 발칵 뒤집어질 뉴스였는데, 누구도 내 점수를 믿지 못했다. 선생님도 채점이 잘못 됐거나 커닝을 한 건 아닌지 의심하는 눈치였다. 아버지도 그저 아들이 어쩌다 한번 잘 본 것으로 치부하고 마셨다. 하지만 나는 계속 필사본을 만들며 공부했다. 하루에 볼펜 두 자루씩을 쓰면서. 그렇게 해서 다행히도 공부 좀 하는 아이가 되었다.

그때 그 시절 참고서에 한이 맺혀서 그런지 나는 책 사는 게 취미다. 의학 서적뿐만 아니라 사회과학, 일반 교양서 같은 것도 엄청 산다. 아내는 책 둘 데도 없으니 이제 그만 좀 사라고 잔소리를 하지만, 나는 필요할 때 단 한 줄이라도 도움이 된다면 그 책은 그 값어치를 하는 것이라고 믿기 때문에 요즘도 여전히 많이 사곤 한다.

'인제' 가면 언제 오나

'인제'와 '원통'을 얘기하면 군대 갔다온 사람들은 이미 눈치를 챌 것이다. '인제' 가면 언제 오나 '원통'해서 못살겠다라는 옛말이 있는데, 강원도 인제나 원통에 있는 부대로 배치 받은 사람들이 푸념처럼 하던 말이다. 누구나 똑같이 하는 군복무인데, 하필 최전방 산골짜기 부대에서 3년을 보내야 하니 고생길이 훤하다는 뜻으로 하는 말이었다. 그런데 내가 바로 그 원통에서 근무를 했다.

내가 대학을 다니던 무렵은 대부분의 젊은이들이 군대 가는 것을 싫어하던 시절이었다. 군사정권 시기인 데다가 입대하면 '녹화사업'이라고 해서 운동권 학생들을 감시하고 더러는 프락치로 만들기도 했기 때문이다. 군대에서의 사고도 적지 않았다. 나 역시 운동권 전력이 있는 사람이므로 군입대에 대해 막연하나마 불안감이 있었던 게 사실이다.

동기들보다 2년 늦게 의대를 다니고 인턴까지 마쳤는데, 수련의 시절에 너무 고생을 했다. 일반적으로 인턴은 투명인간이라고 부른다. 사람도 아니라는 뜻이다.

그 시절 잠도 못 자고 고생이 많은데다 선배 레지던트까지 나를 너무 고달프게 해서 의사에 대해 환멸을 느끼고 있었다. 선배가 짜장면을 먹겠다고 해서 주문을 했는데 그게 좀 늦게 오면 배고프다고 야단치고, 일찍 오면 면이 불었다며 야단을 쳤다. 해서 일단 전공의 시험을 포기하고 사법시험을 보겠다는 마음으로 군의관에 지원했다.

대구군의학교와 영천 3사관학교에서 3개월간 훈련하고 나면 절반 정도는 공중보건의가 되고, 절반 정도는 군의관이 되어 중위로 임관했다. 나는 내심 공중보건의를 원했는데 군의관이 되었다. 그런데다 나를 더 심란하게 한 것은 첫 근무지로 오지 중의 두 번째라는 인제 원통의 12사단이 결정된 사실이다(첫 번째는 양구). '인제' 가면 언제 오나! '원통'해서 못살겠네! 동료들이 걱정하는 얼굴로 위로해 주었지만 그런다고 해서 배치 명령서가 바뀔 리는 없었다.

막 임관한 군의관 30명 정도가 강원도행 버스에 탔다. 중간 중간에 한두 명씩 내리고, 그 유명한 홍천에서… 인제에서도 내리고, 그리고 버스에 마지막으로 남은 사람은 3명. 나를 포함한 3명이 최종 목적지 원통에서 내리는데 눈물이 울컥 쏟아질 뻔했다. 4월 말인데도 날씨는 쌀쌀하고, 이름 모를 황량한 골짜기에 별똥별처럼 뚝 떨어져 내린 기분이었다.

거기서 최전방 대대 군의관으로 군복무를 시작했다. 훈련이 많아 야전에서 A텐트를 치고 잠도 잤고, 험난한 칠절봉(1,172m)을 야간행군으로 수차례 넘나들었다. 진지 보수공사를 한다고 향로봉(1,296m)에서는 3주간 벙커 생활을 하기도 했다. 그러다가 부대를 옮기기 전 두 달간은 철책을 맡는 대대가 되어 펀치볼 근처에서 철책선 근무도 했다.

2년차가 되어 천도리에 있는 포병부대로 옮겼는데, 여기서는 왜 그리도 사고가 많이 터지는지…. 별의별 사고가 줄지어 벌어지는 가운데 결정적으로 60트럭에 30명이 타고 가다가 벼랑으로 추락해

4명 사망, 전원 중상의 대형 사고가 일어났다. 사법시험 준비고 뭐고 훈련과 사고에 혼이 빠질 만큼 정신없는 군생활을 해야만 했다. 그래도 시간은 흘러 우여곡절 끝에 제대를 하는데, 뒤도 돌아보기가 싫었다.

그런데 지내놓고 보니 그 시간도 참 좋았다는 생각이 든다. 부대가 있던 원통은 경치 좋고 공기도 좋은 곳이다. 30분 정도면 속초에 갈 수도 있고, 주변에 유명한 순두붓집, 찻집도 있었다. 또, 중대장들이랑 하사관들이랑 지내면서 직업군인의 애환도 알게 되었다. 그리고 육사 출신의 출중한 대대장을 만나 지금도 연락하고 지내며 자주 만나기도 한다. 이게 모두 젊은 날 군대에 같이 있었다는 인연으로 이루어진 일들이다.

요즘 본인이나 자녀의 병역 문제로 곤욕을 치르는 경우를 본다. 병역 문제에 얽혀 더 이상 활동하지 못하는 연예인도 있고, 자발적으로 해병대를 지원해 다녀와 더 높은 인기를 누리는 연예인도 있다.

한국에 태어났다면 군대는 꼭 다녀와야 한다고 생각한다. 의무이기 때문이기도 하지만, 군대라는 단체생활을 통해서 인내와 희생도 배우고 리더십도 기를 수 있다. 통제된 생활 속에서 꿋꿋하게 인내하고 참는 생활을 해 본 사람은 훗날 어려운 일이 닥쳐도 '이까짓 것 뭐~' 하고 긍정적인 생각을 가지게 된다. 또 집을 떠나 지내다 보면 부모님의 소중함에 대해 다시 생각하게 되고, 손에 물 한번 안 묻혀 본 친구들은 설거지하고 빨래하면서 철도 들게 되는 것이다.

나 역시 인제 원통에서 눈물을 훔치면서 막막하게 첫걸음을 내디뎠지만 다 지나고 돌이켜보니 내 인생에서 아주 유익한 시간이었음을 깨닫는다. 군대, 따지지 말고 잘 다녀옵시다.

인생은 2막부터

시험을 치러 관리를 뽑은 나라는 우리나라와 중국 외에는 거의 없다고 한다. 우리나라는 고려시대부터 과거시험이 있었는데 대개 100 대 1 정도의 경쟁률이었고, 조선 정조 때에는 15만 명이 응시해 4,500 대 1이었던 적도 있다. 이처럼 경쟁이 심하다 보니까 '기출문제집' '예상문제집'도 있고, 과외를 받는 양반 자제들도 있었다고 하니 우리나라에서 과외의 역사는 참으로 뿌리가 깊은 셈이다.

중학교 입시가 있었던 1960년대에도 과외를 많이 했다. 1968년, 중학교 평준화가 되어 입학시험이 없어지기 전까지 초등학생들은 자신이 원하는 중학교에 가기 위해 달달 외우는 공부에 매달렸다.

그때는 음악, 미술까지 이론 시험을 보았으므로 음악의 장조, 단조 찾는 요령을 배우고 계명, 음 길이까지 외워야 했다. 미술도 명도, 채도 계산하는 법에다가 인상파, 야수파의 대표적인 작가 이름까지 줄을 쳐 가면서 외우곤 했다. 정작 그 작가의 그림은 보지도 않고 이름만 무조건 외웠던 것이다.

이렇게 해서 원하는 명문 중학교에 입학하게 되면 고등학교가 함께 있는 학교에서는 그리 어렵지 않게 그 고등학교에 들어갈 수 있었다. 하지만 1973년부터는 고교별 입시마저 폐지하고 학교 배정을 추첨으로 했다. 나는 배명중학교에 들어가 '뺑뺑이'로 경복고를 배정받아 입학했는데, 그전 선배님들 얘기를 들어보면 대부분 중학교부터 이어서 올라오는 학생들이고, 지방이나 다른 중학교에서 시험을 쳐서 들어오는 학생들의 경우는 조금밖에 없었다고 한다. 아무튼 명문 고교에 가기 위해서는 머리를 싸매고 공부하지 않으면 안 되는 시절이었다.

이때는 종로2가 예전 화신백화점 뒤편에 입시학원이 많았다. 재수학원까지 포함해서 낮에는 재수생 위주로, 밤에는 재학생 위주로 운영했다. 경기학원, 경복학원, 아이템플… 그러다가 고등학교별 입시가 없어져 '뺑뺑이' 추첨식으로 바뀌고 나서는 자연스레 모두 문을 닫았다. 그리고는 대학입시 학원들, 즉 종로학원이니 대일학원, 상아탑, 등용문, 상록학원, 세종학원, 시사영어사 등이 그 자리를 지켰다. 이름만 들어도 눈에 선한 추억의 학원들이다.

나도 중학 1학년 여름방학 때 대일학원 단과반에서 기초영문법하고 수학 강좌를 들었다. 대형 강의실에 1,000명쯤을 모아놓고 강의했는데, 학생이 너무 많은 탓에 앉을 자리가 없어 강의실 뒤편에 서서 듣기도 하고 그랬다.

당시에는 단과반이든 종합반이든 송성문의 '성문 기본영어', 그 다음은 '핵심영어', 다음은 '정통종합영어'를 공부했고, 이것까지 다 하면 '1200제' '최종점검' 순으로 공부했다.

수학은 역시 홍성대의 '수학의 정석'이었다. '공통수학' '정석 1' '정석 2' 그리고 '해법수학'을 교재로 공부했고, 이 순서대로 잘 공부해 나가면 명문대학 입학이 보장되었다.

물론 그때에도 100만 원짜리 고액과외를 하는 친구들도 있었고, 더 고액의 족집게 과외도 있었다. 학원 종합반 중에는 실제 서울대 입시보다 더 어렵다는 학원 입학시험을 보고 들어가야 하는 곳도 있었다.

나는 버스를 두 번 갈아타고 학원에 다녔는데, 깜박 졸다가 종점까지 간 적도 있다. 그런데 당시 과외다 학원이다 했지만, 혼자 공부한 학생들도 상당수 일류대에 합격할 수 있었다. 그게 요즘하고는 좀 다른 것 같다.

그렇지만 과외가 워낙 광풍 수준으로 치달으니까 5공 시절엔 과외금지령까지 내려 단속을 하기에 이르렀다. 1970년대 후반 대기업 부장 월급이 50만 원 정도였으므로 100만 원짜리 고액과외를 한다면, 요즘으로 치면 1,000만 원짜리 과외를 하는 셈이어서 과외 망국론이라는 말까지 나올 수밖에 없었다.

나는 초등학교 시절 친구는 없고, 지금도 만나는 친구는 중고등학교 동창들이 대부분이다. 그런데 애들을 키우다 보니 주변에서는 유치원이나 초등학교도 사립을 많이 보내곤 한다. 사립 유치원이나 초등학교를 다녀 보지 않아 그런지, 그게 그렇게 중요한지를 잘 모르겠어서 우리 아이들은 집에서 가까운 공립학교에 보냈다. 경험상으로 학교는 집에서 가까운 데가 제일 좋은 거 같다. 중고등학교 때 버스를 두 번씩 갈아타고 한 시간 넘게 걸려서 학교를 다닌 나는 얼마나 힘들었겠는가.

이제 쉰 살이 넘고 보니까 사회 친구들도 좋지만 역시 허물없는 친구들이 좋아서 중고등학교 동창들을 자주 만나게 된다. 그런데 그 친구들 중에는 이름난 유치원이나 유명 초등학교를 나온 친구들도 있고, 부잣집 자제들, 그리고 또 뒤늦게 큰돈을 번 친구들까지 있어서 그들을 통해 다양한 삶의 모습을 보게 된다. 그러나 가만히 들여다보면 유명 학교니 뭐니 해도 인생은 50부터 시작하는 인생 2막이 중요하고, 또 인생이란 끝까지 살아 봐야 판가름이 나는 거 아닌가 하는 생각을 새삼 하게 된다.

중고등학교 동창 모임에 나가서 느낀 것 중 하나는 학창시절에 부자로 살았던 친구들을 요즈음 동창 모임에서는 거의 볼 수가 없다는 것이다. 가세가 기운 경우도 있고 부모님 유산을 물려받아 아직도 여전히 잘살고 있는 친구들도 있는데, 이상하게도 두 경우 다 모임에 잘 나오질 않는다.

면면을 보면 다들 훌륭한 친구들인데 오히려 부모님 재산이 그들의 인생에 마이너스로 작용한 게 아닌가 싶다. 부유한 집안 출신으로 고시에 합격한 몇몇 친구들이 중간에 그만두고 대기업으로 가거나 사업을 했는데, 중도에 포기하는 경우가 많았다. 직장이든 사업이든 살아남아야겠다는 절실한 자세로 배수의 진을 쳐야만 하는데 그 친구들은 그렇지 못했던 것 같다.

명문이다 뭐다 해서 아이들을 유명 유치원이나 초등학교에 보내기 위해 경쟁이 치열하다. 인생 100세 시대라고 하는데, 100살을 산다고 생각하면 그런 건 그다지 중요하지 않다. 처음부터 빨리 뛰어나가 앞서가는 것처럼 보일지라도 결국 한참 지나 나이 50쯤 되면 그런 건 특별한 게 아니다. 오로지 그 사람의 진실성 그리고 치열성이 더 중요하다. 동화에서 보면 낮잠 자는 토끼를 성실한 거북이가 꼭 이기지 않던가!

고등학교 졸업 30년이 지나서 보니까 명문대 나와 20~30대에 잘나가던 친구들보다 오히려 나중에 열심히 살아서 안정적인 직장에 다니거나, 은퇴 후 성공적인 전업을 하거나, 자신의 사업체를 잘 운영하는 친구들이 훨씬 잘되어 있다. 당시엔 일류 대학에 못 갔지만 절치부심 공부해서 사법고시나 행정고시를 우수한 성적으로 합격해 지금은 고위직에 있는 친구들도 마찬가지로 잘살아간다.

부유한 부모의 도움은 20대 초반까지는 유효하지만 그것이 꼭 성공으로 직결되는 건 아니다. 풍족함으로 인해 오히려 그들은 절박하게 살지도 않고, 사회에 기여하려는 의지도 없이 살고 있는 건 아닌지 하는 안타까운 생각이 든다.

인생을 치열하게 살아온 사람들은 그만큼 절박함을 알기에 겸손할 수밖에 없고, 또 그렇기에 기부나 봉사활동도 열심히 하는 거 아닌가 싶다. 젊어서 부모님 도움을 받지 못하면 당장은 힘겨울 수 있다. 하지만 길게 보면 그것이 오히려 인생에 득이 될 수도 있다.

장모님의 눈물

시장에 가면 신바람이 난다. 나름 전통시장에 대한 추억이 많은 데다가 어릴 적부터 즐겨 먹던 음식들이 있고, 고생도 일인 양 부지런히 사시는 할머니 아주머니들이 사람 사는 냄새를 물씬 풍겨 기분이 좋아진다.

그래서 시장에 가면 장을 많이 보게 되고, 음식점에 가서 이것저것 푸짐하게 시켜 맛을 본다.

시장에 가면 내 나름의 원칙이 하나 있다. 절대로 값을 깎지 않는다는 것이다. 시장에선 흥정하는 재미가 있다고 하는 사람들도 있지만 그건 부르는 게 값이라고 하던 시절의 일이다. 이제는 사람을 보고 더 비싸게 파는 바가지 같은 건 없다.

그분들 고생고생해서 장사하는 분들인데 속상하게 할 이유가 없다. 파도가 높아 배가 못 뜨거나 날이 가물어서 물건이 귀해지면 좀 더 비싸게 파는 것이다. 해수욕장 한철 장사처럼 바가지 씌우는 거 아니잖은가? 정 아쉬우면 차라리 좀더 얹어달라고 하면 된다. "한 움큼만 더 주면 안 돼요?" 그러면 인심 좋게 푹 덜어서 더 주신다. 시장 상인들 대부분이 다 그렇다.

나는 작은 식당에 들어가서도 딱 나 먹을 것만 시키지 않는다. 원래 손이 크기도 하지만 넉넉한 게 좋다. 꼬막에 파전, 대합탕에다 닭발 정도는 시켜야 흡족해진다. 그리고 소주 한 병. 넉넉한 것이 보기도 좋고, 맛있는 것들 하나하나 맛도 보고, 시장 골목에 있는 작은 식당도 많이 팔아 드리면 좋지 않은가.

음식물쓰레기가 문제라고 말하는 사람도 있다. 그렇지만 음식물쓰레기는 우리나라쯤 되면 사료로 재활용하고 퇴비로도 만들어 다 사용한다. 큰돈 들어가는 것도 아니고 이 정도는 낭비라고 할 수도 없다. 넉넉한 마음으로 먹고 즐기면서 맛깔나게 살자는 게 내 철학이다.

고추밭에서

장모님 허리가 굽을 정도로 농사지어 자식들 공부시킨 밭이다.

그런데 시장 가서 이렇게 하면 야단치고 싫어하시는 분이 있다. 바로 장모님이 그분인데, 보통 강적이 아니다. 밭농사 짓고 품삯일로 오징어 꿰고 대게 다듬어 5남매를 기르셔서 그런지 절약이 몸에 배어 있다. 그러니 내가 시장에 가서 덤벙덤벙 물건을 사면 아주 싫어하신다. 심지어, 시장에서 장사하는 사람치고 안 남기는 장사꾼이 어디 있냐며 값을 꼭 깎아야 한다고 하신다. 이제는 그러지 마시라고 하면 돈이 다 썩어났다며 눈을 쏘아보시며 화를 내곤 하신다. 장모님은 이쩔 수 없다. 평생을 그렇게 아끼고 사셨으니 한 푼이라도 허투루 쓰는 걸 용서할 수가 없는 것이다.

한번은 장모님이 당신 어머님 산소에 가보고 싶다고 하셨다. 그 분은 후포리에서 멀지 않은 곳에 사셔서 살아생전에 뵌 적이 있다. 아흔을 넘겨 장수하시다 돌아가셨는데, 안타깝게도 말년에 수년간 치매를 앓으셨다. 그래도 장수하신 편이므로 돌아가셨을 때 소위 호상이라고 해서 그렇게 슬퍼하지 않고 잘 보내드렸다고 했었다.

그래서 산소에 가자고 하셨을 때 가벼운 마음으로 따라나섰는데, 장모님은 묘소 앞에 서자마자 대성통곡을 하시는 것이었다. 나는 장모님이 그렇게 슬피 우시는 것을 그때 처음 보았다.

일제시대 때 고생하지 않은 사람이 어디 있을까. 그런데 그 할머님이 시집 와서 10년이 되도록 애를 낳지 못하니까 시어머니 구박이 심했던가 보다. 게다가 남편이라도 따뜻했으면 좋았을 텐데, 오히려 후사를 본다며 새 장가를 들어 외간 여인네를 집에 들인 적도 있었다고 한다. 이런 우여곡절을 겪은 끝에 10년 만에 딸을 낳았는데, 이분이 바로 내 장모님이다.

스물둘 이른 나이에 장모님을 시집보내면서 할머님이 그러셨단다. "친정으로 다시 돌아올 생각은 하지 말고 시댁에서 뼈를 묻어라."

장모님도 깐깐한 최씨 집안 며느리로 들어와 시부모님 모시고 온갖 고생을 다 하셨다 한다. 류머티즘 관절염을 심하게 앓는 남편 병수발에 농사를 지으며 4녀 1남을 모두 대학 공부까지 시켰으니 그 고생은 말하지 않아도 알 것 같다. 게다가 첫째부터 넷째까지 계속 딸만 낳았으니 그동안은 시부모님 눈치가 얼마나 보였겠는가. 그렇게 사신 분이니, 어머니 산소에 와서 고생스럽게 살다 가신 친정엄마 생각에 당신의 가시밭길 인생까지 겹쳐 눈물이 폭포수처럼 쏟아졌던 것이다.

허리가 굽을 정도로 밭농사를 지어 채소를 머리에 이고 장에 나가 팔아서 자식을 키웠으니 얼마나 안 먹고 안 입고 사셨겠는가. 새벽부터 어스름까지 손발이 닳도록 일하고 또 일하면서 사신 게 장모님 인생이었다. 그러니 친정엄마 산소를 마주했을 때 그 세월이 찬바람처럼 가슴을 쓸고 갔을 것이다. 이분들이 다 우리들의 어머니이시다. 우리를 낳아 기르신 어머니.

장모님, 그동안 너무 고생이 많으셨으니 이제 일은 조금만 하고 편안히 사세요!

두 번째 이야기

웃고 있어도 눈물이 난다

남데렐라와 비비안남

방송에서 '술' 얘기를 자주 했더니 내가 엄청난 술꾼이고 주당인 걸로 알려져 있다. 물론 방송에서 얘기한 것처럼 폭탄주도 잘 만들고, 성화봉송주처럼 여럿이 모여 재미있게 마시는 주법도 좀 알고 있다. 뭐 부인하고 싶지는 않지만, 그래도 술에 대해서는 좀 더 토를 달고 싶다.

술과 관련해서 친구들이 나에게 붙여 준 별명이 있다. 하나는 '남데렐라'이고, 최근에는 '비비안남'이라고 한다.

'남데렐라'란 별명은 '신데렐라'가 마법이 풀리는 12시 전에 돌아가야 하는 것처럼 '남재현'은 꼭 12시 전에 술자리를 파하기 때문에 붙여진 것이다. 내 직업이 의사이다 보니 무슨 일이 있어도 12시 '땡' 하기 전에는 일어나 귀가해야 다음날 진료에 차질이 없기 때문에 시간을 지켰던 것이다.

그런데 누구나 그렇듯이 이것도 원기 왕성하던 40대 초반까지의 얘기다. 12시까지 마시는 것도 너무 길어서 근래에는 적당히 마셨다 하면 바람처럼 사라진다고 해서 영화 '바람과 함께 사라지다'의 주인공 '비비안 리'에 빗대 '비비안남'이 되고 말았다.

두 가지 모두 술 마시는 버릇 때문에 붙여진 별명인데, 나 스스로는 좋은 습관이라고 본다. 남데렐라든 비비안남이든 술은 자기 기준을 정해 마시는 게 중요하다는 생각이다. 사실, 애주가와 알코올 중독자 사이는 종이 한 장 차이다. 나는 술을 좋아하는 만큼 음주에 대한 몇 가지 원칙을 가지고 있다.

무엇보다 혼자 마시는 것은 절대 반대다. 혼자서는 절대 마시지 않는다. 술이란 친교를 위해 마시는 것이고, 즐거운 분위기를 위해 마시는 것이므로 어떤 이유에서건 혼자 마시는 것은 좋지 않다.

두 번째, 어떤 이유를 대면서 술 마시는 것도 반대한다. 날씨가 좋아서 마시고, 비가 오니까, 기분이 나빠서, 잠이 안 와서… 이렇게 어떤 이유를 대고 술을 마시는 것은 독이 된다. 그러므로 기분을 따져 술을 먹지 않는다.

세 번째, 반드시 세 명 이상이 모여서 술을 마신다. 여럿이 만나 즐겁게 얘기하고 친교하면서 각자의 스트레스를 푸는 놀이 방법으로써 술을 이용하는 것이다.

그리고 술은 어른 앞에서 배우는 것이 좋은 것 같다. 나의 경우 애주가이셨던 아버지께서 술을 따라주며 가르쳐 주셨는데, 어른에게 술을 배워서 그런지 주사를 부린다는 소리를 들어본 적이 없다. 가끔 필름이 끊긴 적은 있어도 실수하지는 않는다. 사실, 필름이 끊기는 것은 행동은 정상인데 기억이 입력되지 않기 때문인 경우가 대부분이다. 어른이나 선배에게 술을 배우면 술 때문에 추태를 보이는 경우가 거의 없다.

의사가 술 얘기를 자주 한다고 뭐라고 하는 사람들도 있다. "건강을 책임져야 할 의사가 오히려 몸에 해로운 술 얘기만 하느냐?" 그러는 것이다. 틀린 이야긴 아니다.

하지만 건강을 위해서는 유산소운동 같은 것도 좋은 방법이지만 즐겁게 사는 것도 중요하다. 특히 살다보면 떼려야 뗄 수 없는 게 스트레스다. 스트레스, 이게 만병의 근원이 되는데 이걸 푸는 방법

에는 운동, 취미생활, 긍정적 마인드, 웃음 등이 있고, 여기에 더해 술이 있는 것이다. 지나치게 많이 마시는 것만 조심하면 스트레스 해소에 아주 좋다.

주위를 보면 돌연사 하는 사람들 대부분이 40~50대이다. 그리고 이 사람들의 특징이 모두 똑똑하고 완벽주의자이며, 집까지 일거리를 가지고 들어가는 워크홀릭들이라는 점이다. 끊임없이 스트레스에 시달리니까 면역력과 신체 기능이 떨어져 한순간에 불행해지는 것이다.

적당히 재미있게 술을 마시는 것은 건강에 좋다. 이것이 나의 음주 철학이다.

꽃보다는 열매

사람들은 자신의 인생에서 꽃 피울 날을 생각하며 산다. 돈 많이 벌고 뜻한 바를 이루어 자기 분야에서 정상에 오르기를 꿈꾸며 산다. 대체적으로 40대에서 50대에 접어드는 즈음을 꽃이 피는 시기로 본다. 실제 40대 중반쯤 되면 가장 활동적이고 의욕도 충만하게 된다. 또 그때가 조직 내에서도 실질적으로 중요한 위치에 있을 때이다. 체력적으로도 부족함이 없어서 나의 경우에도 새벽까지 폭탄주를 마셔도 그 다음날 별 지장 없이 일했던 것 같다.

나도 그즈음에 내 인생의 꽃이 피어올랐다고 보고 자신감이 충만

했었다. 그렇지만 그 꽃이 얼마나 피어 있을지, 만개할 것인지 혹은 중간에 꺾이고 말 것인지, 열매를 맺을 것인지 아니면 열매도 맺지 못하고 져버릴 것인지 알 수가 없었다.

나는 그즈음 대학병원에서 전문의를 마치고 강사를 하면서 연구도 제일 많이 하고, 학회 발표도 활발히…, 정신없이 일하고 있었다. 되돌아보면, 스스로는 자신감이 넘쳐 잘나간다고 꽤나 우쭐대지 않았나 싶다. 무슨 일이든 물불 가리지 않고 밀어붙이기도 하고, 술을 먹으면 큰소리로 뻥도 많이 쳤던 것 같다. 솔직히 그건 자신감이 아니라 자만이었다.

내 인생의 꽃이 활짝 피어오르는 순간인데 무엇이든 망설이고 주저할 이유가 없었다. 그 여세를 몰아 개업하면서 병원을 너무 무리하게 계획하였다. 병원 문만 열면 한두 달 안에 환자가 밀물처럼 몰려올 것 같았다. 하지만 결론부터 말하자면, 그 시절로 돌아가 다시 개업을 하라면 절대 하지도 못할 것이고, 하지도 않을 것이다.

병원을 계획하는데 주위에서 규모가 너무 크고 빚을 지나치게 많이 안고 시작한다며 걱정들을 했다. 그런 우려를 무시하고 나는 자신감 하나로 밀어붙였다. 그런데 공동 개원하기로 했던 의사 두 명이 한 명 한 명 중도에 포기하고 물러났다. 초기 개업자금을 3명이 분담하려 했는데 혼자 부담하게 된 것이다. 혼자 개원하기는 정말 어려운 상황이었는데도 나는 계속 밀어붙였다. 수중에 가진 재산이라고는 달랑 25평 아파트 하나밖에 없었는데 무슨 자신감이었는지.

어머니 집에서 1년 정도 더부살이하면 전세금은 벌지 않겠나 싶어서 아파트를 팔아 개업 자금에 집어넣었다. 그리고 10억 정도를 이리저리 융통해서 빛투성이 개업을 했다.(물론 아직도 어머니랑 같이 살고 있다) 지금 생각하면 너무 위험하고 무모한 개업이었다.

하지만 세상일이 다 그러하듯 그렇게 금세 수익이 나는 게 아니었다. 게다가 은행 금리가 해가 갈수록 더 올라가는 걸 미처 감안하지 못했다. 연체를 하지 않아도 이자가 해마다 1~2%씩 올랐다. 원금이 워낙 크니까 한번에 갚지 못하고 빚으로 빚을 갚으면서 마음고생이 많았다. 돈을 벌어도 반 이상은 이자로 나가는 셈이어서 스트레스가 늘었다.

일과 빚 속에서 달리다 보니까 40대 초반에 고혈압도 생기고, 운동할 시간도 없는데 스트레스가 많으니까 체중은 자꾸 늘어났다. 은행 빚 갚을 생각에 불면증도 생기고…. 내 인생에 꽃이 활짝 필

줄 알았더니 피는 둥 마는 둥 고생길이었다.

그러는 중에 주위에서 검진 병원 치고는 좁은 편인데다 인테리어 수준도 떨어진다고 하니 병원을 2~3년에 한 번씩 넓히고 고쳐야 했다. 그러다 보니 그것도 빚이었다. 그 사이 인테리어 공사만 네 번 했다.

자신을 과대평가해 분수에 넘는 무리한 투자를 하고, 병원 개보수 비용은 줄지어 나가고, 게다가 직원이 30명이 넘는 규모인데도 인사 · 노무관리, 세무관리도 잘 몰랐다. 우물 안 개구리가 살벌한 강호의 세계에서 눈보라를 맞는 격이었다.

이제 세파에 익숙해지니 제법 현실감각이 생겼다. 최근에 과감하게 병원을 옮겼다. 앞으로 우리나라 경제가 단박에 좋아질 확률은 높지 않을뿐더러, 의사 숫자도 많아져 경쟁이 더 치열해질 것이므로 규모를 대폭 줄이고 지출도 줄이는 방향으로 용기를 낸 것이다.

내 인생의 꽃이 활짝 피어나리라는 기대에 현실을 바로 보지 못하고 자만한 것이 큰 화를 부를 뻔했다. 다행히 그 사이 빚도 많이 갚았다. 또 한 10년쯤 더 갚을 빚이 남아 있으니 운동으로 건강도 챙기고 열심히 일해서 빚 없는 노후를 맞아야겠다는 생각이다. 정말이지, 빚이 나를 건강 관리하며 살게 하고 있다는 얘기도 과언은 아닌 듯하다.

갓바위 일출

개업하지 않고 월급쟁이가 됐으면 훨씬 더 마음이 편했을 텐데 하는 후회가 들기도 한다. 월급 받으며 살았으면 빚은 없었을 테니까.

하지만 비록 인생 전반기에 꽃을 피우진 못했어도 50을 넘어 인생 2막에는 꼭 예쁜 꽃을 피워 올리고 싶다. 작은 꽃이라도 좋다. 그리고 그 꽃보다는 튼실한 열매를 잘 맺어서 지난날도 행복했었노라고 자족하는 마음으로 살고 싶다. 인생은 50 이후부터니까….

인생에 공짜는 없다

젊은 날에는 끝이 보이지 않아 속상할 때가 있다. 무엇이 중요한지도 모르겠고, 지금 내가 하고 있는 일들이, 공부나 노력이 어떤 의미가 있는지 애매한 경우가 있다. 당장 눈앞의 일에 매달리다 보면 숲을 볼 수가 없다. 나무만 보이고 도무지 숲이 보이지 않을 땐 참 답답하고 의욕마저 잃게 된다.

이럴 땐 그저 하루하루 최선을 다하는 게 중요하다. 미래의 꿈이니 희망이니 따질 것 없이 오늘의 자신에게 최선을 다하는 것이다. 지치고 포기하고 싶어도 조금 더, 조금만 더 하면서 가다 보면 결승점에 다다르는 경우가 많다.

지난 몇 년간 일요일 아침마다 마라톤 모임엘 나갔다. 생전 처음 달리기 운동을 해 보는 거였다. 중고등학교 때에도 오래달리기를 못해 체력장 점수도 만점을 받지 못했다. 운동을 웬만큼 하는 친구라면 체력장 점수는 다들 만점을 받았는데 말이다. 하긴 중고등학교 때 체육 과목은 모조리 '미'를 받았던 사람이니 오죽했겠는가.

중고 시절에 워낙 운동을 싫어해 잘하는 게 하나도 없었다. 수련의, 전공의 시절에도 운동을 한 적이 거의 없다. 그런데 무슨 마음에서 용기를 냈는지, 매주 일요일마다 달리기 하는 모임에 들어갔다. 이 모임은 아내와 아이들도 함께할 수 있어서 아빠 노릇도 해 봐야겠다는 생각에 들어간 것이었다.

일요일 아침 한두 시간 정도 달리는데, 한번 해 보니 너무 힘들었다. 주위 사람들은 나더러 기본이 안 돼 있어서 그렇다고들 했다. 10분, 20분… 죽을 힘을 다해서 달리는 시간을 조금씩 조금씩 늘려 나갔다. 얼마를 그렇게 하니 30분까지 달릴 수 있게 되었다.

그런데 달리기 연습을 하면서 깨달은 것이 있다. 뛰면서 자꾸 시계를 보면 더더욱 힘들어진다는 사실을 알게 된 것이다. 무조건 '앞만 보고 달리자' 이것이 정답이었다.

달리기는 삶의 태도와 닮은 데가 있다. 현재의 일이 힘들고 그 끝이 너무 멀어 보일 때에는 오늘 일만 생각하고 오늘에 최선을 다하자, 젊은 시절 어려웠을 때 나는 스스로를 그렇게 위로하며 이겨내곤 했다. 내일 또 힘들겠지만 일단 오늘을 열심히 살자.

달리기도 꼭 그랬다. 30분, 한 시간 생각하지 말고 앞만 보고 달리자. 이렇게 6개월 정도 달리고 나니 멤버 전원이 마라톤 대회에 나간다는 거였다. 일년에 두 번씩은 대회에 꼭 참가한다는 것이었다.

잘 뛰는 사람들은 풀코스에 도전하고, 대부분은 하프 코스에 신청들을 했다. 나는 종목 중 제일 짧은 코스인 10km에 참가하기로 했다. 그런데 10km 코스도 만만치가 않았다. 일요일마다 기껏해야 30분 정도를 뛰는 사람이 과연 10km를 달릴 수 있을까. 내 능력으론 한 시간도 넘게 걸릴 것 같은데… 엄청 걱정이 됐다.

주위 사람들이 "처음이니까 너무 무리하지 말라." "꼭 완주할 것까진 없다. 할 수 있는 데까지만 하고 저녁이나 맛있게 먹자." 하고 위로의 말을 건네기도 해, 나도 내심 완주까지는 생각지 않았다.

출발 신호가 울리고 사람들에 떠밀려 달리기 시작했다. 마음속으로 '아이들도 데리고 나왔는데 최소 40분은 넘겨 보자' 하는 생각에 땅만 보고 달렸다. 시간이 갈수록 다리가 뻣뻣해지고 점점 더 힘이 들었다. 머릿속에서는 이런저런 생각이 내 다리를 붙잡고 있었다.

'야, 뭐 이렇게 힘든 걸 굳이 뛰고 있냐?' '넌 고혈압도 있잖아? 무리하지 마.' '이렇게 고생한다고 뭐가 달라지냐? 그만 뛰고 쉬어.' 잡념이 꼬리에 꼬리를 물고 발목을 잡았다.

그런데 한편으로는 '달리는 게 무슨 의미가 있는지 몰라도 무조건 뛰자. 다른 건 생각하지 말고 땅만 보고 달리자' 하는 생각이 불쑥 솟아나는 것이었다. '다른 건 몰라. 앞만 보고 달리자.' 그렇게 해서 앞 사람 뒤꿈치만 보고 달리다 보니 어느새 결승점이 눈앞에 보였다.

내가 왜 뛰고 있는 건가? 영문도 모르고 목표도 없이 거의 걷다시피 하며 달렸는데 마침내 10km 마라톤을 완주해 냈다. 다들 내가 중간에 포기할 거라고 생각했다는데, 내가 그걸 해낸 것이다. 한 걸음 한 걸음 앞만 보고 달리다 보니까 어느새 완주가 된 거였다.

또 한번은 등산 모임에 쫓아간 적이 있다. 선배가 회원 50명 정도를 이끌고 하는 모임이었다. 역시 등산에도 자신이 없는 건 마찬가지. 고혈압 때문에 한번도 시도조차 해 보지 않은 나였다. 그날도 하는 데까지만 하고, 힘들면 중간에 내려와 밥이나 먹을 생각으로 나갔다.

한 20분 정도 걷다가 뒤돌아보니 등산의 고수라는 선배가 천천히 걸어오고 있었다. 이 선배로 말할 것 같으면, 해마다 연초에 지리산 천왕봉에서 신년하례를 하는 분이다. 또, 킬리만자로를 등반한 바 있고, 히말라야 트레킹도 다녀온 베테랑이다. 그래서 내가 물었다. “아니, 어디 아프세요? 고수님이 앞에서 리드를 해 주셔야죠?” 그랬더니 선배님 왈, “남 원장, 등산은 그렇게 하는 게 아니야! 나를 따라와. 등산은 어떻게 하는 건지 가르쳐 줄 테니까.” 그러시는 거다.

같이 걸어보니 이분은 천천히, 그러나 쉼 없이 꾸준히 걷는 것이었다. 이분의 뒤꿈치만 보고 따라갔더니 어느새 정상에 다다랐다. 정상에 오르고 보니 일행 중 3분의 1은 포기하고 내려갔고, 3분의 1은 중간에서 쉬고 있고, 나머지 사람들만 정상까지 올라왔다. 놀랍게도 그 안에 내가 끼어 있었다. 태어나서 처음으로 네 시간 이상 산을 올랐는데도 전혀 힘들지 않고 오히려 상쾌한 기분이 들었다.

이때 나는 깨달았다. ‘아, 등산은 이렇게 하는 거구나!’ 고개를 끄덕이게 되었다. 정상만 생각하지 말고, 천천히 앞만 보고 황소처럼 걷다 보면 정상이 다가오는 거구나.

인생살이에도 힘든 고비가 많다. 나 역시 힘겹고 포기하고 싶을 때가 한두 번이 아니었다. 하지만 포기하지 않고 앞만 보고 가다 보면 힘도 조금 덜 들게 되고 없던 가능성도 조금씩 보이기 시작했다. 마라톤이나 등산처럼 뒤꿈치만 보고 앞으로 가다 보면 시련도 이겨

낼 수 있는 거로구나…. 특히 너무 힘든 시기를 보내고 있는 젊은 사람들에게 하고 싶은 말이다. 오늘 할 것만 생각하고 앞으로 나가면 기쁜 순간이 오더라.

막다른 골목이 인생의 끝이 아니라 새로운 전환점이 되는 경우가 있다. 또, 고난이 닥쳐왔을 때 사람은 더 강해진다. 아놀드 토인비가 '메기 효과(catfish effect)'를 얘기했다. 먼 바다에서 청어를 잡아올 때 그 안에 바다메기를 한 마리씩 넣어 두면, 청어들이 잡아먹히지 않으려고 열심히 헤엄쳐 다녀서 런던에 도착할 때까지 모두 살아 있다는 것이다.

분명 시간차는 있을지 몰라도 누구에게나 시련은 닥친다. 좌절의 순간도 있다. 하지만 포기하지 않고 끝까지 가는 사람은 자기도 모르는 사이 어느새 결승점에 도달하게 된다는 사실을 믿었으면 한다. 시련이 없으면 진정한 성공도 없다.

첫 마음

돌아오지 않는 것은 항상 그립고 아쉬운 법이다. 그렇다고 해서 다가올 미래가 기대되고 반가운 것만도 아니다. 자신의 앞날을 예측할 순 없고, 미래는 늘 불확실하기 때문이다. 그러니 누구에게나 지나간 일, 지나간 시간은 너무 그리운 법이고, 다가올 일들은 불투명하여 막연할 뿐이다. 누구나 다 그렇다.

1970년대 말, 미국 드라마 '야망의 계절'을 참 재미있게 본 기억이 난다. 가난한 독일계 이민자 조다쉬 일가의 사랑과 야망, 출세와 좌절의 일생을 너무 감동적으로 그린 드라마였다. 원제 'Rich man, Poor man'이 말해 주듯 부자와 가난한 자, 출세한 사람과 낙오한 사람의 일생을 실감나게 보여준다.

그렇지만 가난한 이민자의 아들로 태어나 온갖 시련을 무릅쓰고 상원의원이 된 뒤 결국 총에 쓰러지고 마는 광경은 인생무상을 느끼게 한다. 뭐랄까… 인생은 결국 부자에게나 가난한 자에게나 허무하고 외로운 결말뿐임을 말해 주는 듯하다.

인생 2막을 앞두고 지난날을 되돌아보면 '야망의 계절'이 결코 남의 이야기 같지가 않다. 대학교수가 되고 싶었으나 집안의 도움을 받을 수 없는 처지여서 마음을 바꿔먹고, 힘겹게 개원하여 숨이 차도록 일하면서 예기치 않은 일들과 부딪히며 회의가 들었던 것도 사실이다.

그러나 '인생이 계획대로 되는 법이 어디 있겠나' 하고 생각했다. 계획대로 안 되면 또 다른 계획을 세우면 되지 않겠나. 첫 마음을 기억하고 앞만 보고 가자, 다짐하고 또 다짐했다. 그러면서 깨달은 것이, 뜻대로 되지 않는 것이 인생이니 좌절하거나 포기하지는 말자는 것이었다. 교수가 되는 것만이 가장 잘되는 길은 아니다. 석사 박사를 하고 대학병원에 있다 보면 그대로 학교에 남는 것이 최상으로 보이겠지만 그것만이 유일한 선택지는 아닐 수도 있다. 도전을 즐기고 강호의 세계로 나가자라고 씩씩하게 생각했다.

인생에 있어 도움을 바라지는 말자는 생각도 했다. 나를 도와줄 사람은 없다. 혼자서 이겨 나가고 헤쳐 나가야 한다. 다만, 사람과 척지거나 원수를 만들진 말자. 내가 본래 남에게 싫은 소리를 할 줄 모르는 사람이기도 하지만, 그 누구와도 척지지 말아야 한다는 생각은 예전부터 늘 가지고 있었다.

또 하나의 원칙은, 돈보다는 사람이 중요하다는 생각이다. 금전적인 이익보다 사람에게 신뢰를 얻는 것이 더 소중하다. 내 경험으로 보나 주위를 보나 돈은 벌 때가 되면 저절로 벌린다. 젊은 나이에 돈 많은 사람들은 세 가지 길을 간다. 엉뚱한 일을 벌여 낭패를 보거나, 카지노나 노름에 빠져 패가망신을 한다거나, 이도저도 아닌 사람은 꼭 바람이 나서 망가지는 걸 본다.

그리고 나의 첫 마음을 지켜 준 것은 항상 꿈을 잊지 않는 자세에 있지 않았나 싶다. 단순히 스펙이 좋다고 해서 성공이 보장되지는 않는다. 꿈과 목표, 성실함이 있으면 조금 늦더라도 반드시 성공을 거둘 수 있게 된다.

괜한 소리가 아니라, 나는 가정형편이나 여러 조건이 좋은 편은 아니었다. 그러나 인생관이라고 할까 삶의 원칙이라고 할까, 나름의 기준과 첫 마음을 잃지 않고 살아오면서 부족한 가운데서도 행복을 느끼며 살기 위해 애써 왔다. 또 태생적으로 낙천적이고 긍정적인 성격이라서 스스로 만족하며 사는지도 모르겠다.

환자 얘기 잘 들어줘야 좋은 의사

생전에 아버님께 든든한 아들이 되어 드리지 못한 게 지금도 안타깝고 죄송하다.

어린 시절 매일 밤마다 아버지 기침 소리에 잠을 깬 적이 많았다. 얼마나 심하게 기침을 하셨으면 어린 내가 잠을 깨곤 했을까?

버스를 몇 번씩 갈아타고 인천 요양소로 면회를 갔을 때 앙상하게 야윈 아버지가 우리를 바라보던 눈길은 얼마나 절실한 것이었을까? 당시에는 잘 몰랐는데 지금 생각해 보면 마음이 아프다.

아이들 넷을 두고 당신이 얼마나 더 살 수 있을지, 당장 죽을지 살지도 모르는…, 기침을 심하게 하다가 혈관이 터져 객혈을 하면

손쓸 방법도 없었다. 그러다가 1960년대 말 일본에서 개발돼 임상 시험 중이던 약을 구해다 드시고 극적으로 회복하여 집으로 돌아오셨다. 퇴원 후 집에 계실 때 한쪽 폐는 없고, 반대쪽 폐도 결핵균이 망가뜨려 놓은 상태이니 기침이 끊일 날이 없었다.

그런데도 원래 낙천적이고 유머감각이 있던 아버지는 수술해 주신 국립의료원 원장이나 의사, 요양소 간호사나 이웃 환자들과 친하게 지내시며 재미있었던 이야기를 자주 하곤 하셨다.

내가 의과대학에 들어가자 아버지가 무척 기뻐하셨다. 그러나 대학생이나 수련의 시절에도 아버지 얘기를 잘 귀담아 듣지 못했다. 아버지 말씀의 뜻을 잘 알지도 못했을뿐더러 공부와 당직으로 몸과 마음이 지칠 대로 지쳐 있어 마음을 쓰지 못했던 것이다. 지금 같았으면 맞장구라도 쳐 드렸을 텐데….

아버지는 내가 내과 전문의 시험을 보기 일주일 전에 갑자기 돌아가셨다. 당뇨, 고혈압에 부정맥까지 있어서 부정맥의 권위자라는 선생님께 약물치료를 받고 있었는데, 그분이 너무 바쁘고 프라이드가 하늘을 찌르는 분이라서 아버지의 유머를 제대로 이해하지 못했던 모양이다. 해서 아버지는 외래 방문하는 것을 무척 싫어하셨다. 하는 수 없이 내가 아버지 대신 6개월 넘게 약을 받아다 드렸다. 그러면 아버지는 “재현이가 전문의가 되면 내가 가서 검사도 받고 치료도 받아야겠구나.”라고 말씀하시곤 했다.

이제 내가 개업한 지 10년이 넘어 그때를 돌이켜보니 의사는 병을 치료해 주는 사람이기보다 환자의 얘기를 잘 들어 주는 사람이 되어야 하겠구나라는 생각을 한다.

개업을 준비하면서 내분비내과 전문병원을 해 보려고 무리할 정도로 당뇨합병증 기기 같은 첨단장비들을 들여놓고 대대적으로 홍보하였다. 하지만 환자는 무조건 첨단장비를 갖춘 병원, 똑소리 나는 의사만을 원하지는 않는다는 사실을 깨닫게 되었다. 환자의 증상과 고통, 불편한 점들을 동네 이웃사촌처럼 일일이 들어 주어야 환자의 마음이 놓이게 되고, 그렇게 시시콜콜 얘기하는 중에 여러 질환과 관련된 증상도 알아낼 수 있다. 무엇보다 마음의 병을 이해해 주어야 환자가 편안히 치료 받게 되는 것이다. 또 그래야 그 환자가 다른 환자도 소개하게 되고, 입에서 입으로 소문이 나서 좋은 의사가 되고 유명한 병원이 되는 것이다.

실력 좋고 최고의 의술을 가진 의사들이 대형병원에 많다 보니 환자들은 진찰이라도 한번 받아 보려고 한두 달씩 기다렸다가 만나는데, 고작 몇 분 얼굴을 보고는 돌아가야 하니 '병원=불친절'이라는 인식이 깊이 박히게 되었다.

병원의 서비스가 예전에 비하면 많이 좋아졌지만 좋은 의사, 좋은 시설에 앞서 환자에게 만족감을 주는 병원이 역시 최고의 병원이고, 최고의 의사인 것이다.

개인병원도 그렇다. 원장이 불친절하고 게으르면 직원들도 똑같아진다. 원장이 조금이라도 불친절하면 바로 불평이 들려 오고 나쁜 소문이 돈다.

개원 후 나는 10년이 넘도록 한번도 휴가를 가지 않았다. 원장이 휴가를 가면 병원이 쉬는 것과 마찬가지여서 수입도 줄지만, 무엇보다 찾아오는 환자들이 헛걸음을 하게 된다. 부원장이나 대진 의사를 둔다 해도 원장이 없으면 그냥 돌아가는 환자들이 많다.

한때는 회사 건강검진을 유치하기 위해 여러 최고위과정 모임이나 친목 모임에 나가느라 일주일에 한두 번 오후 진료를 부원장에게 맡긴 적이 있었다. 그랬더니 대번에 '원장이 돈 좀 벌더니 진료는 뒷전'이라는 소문이 돌았고, 직원들도 '원장은 놀기 좋아하는 사람'이라고 여기는 듯했다.

지금도 특별한 방송 출연이 아니면 진료를 빼먹지 않고, 골프도 그만두었다. 역시 회사를 경영하는 CEO와 마찬가지로 병원 책임자는 한시라도 한눈을 팔면 안 된다고 본다.

사람들은 뭔가 좀 된다 싶으면 자만하거나 방심하게 되는데, 잘될수록 겸손하고 더욱 신경을 써야 한다. 특히 의료는 1,000명이 잘 치료받고 만족해도 그 가운데 한 명이 잘못되면 의료사고가 된다. 또, 병원이 커졌다고 해서 거만하게 굴고 거들먹거리면 기우는 것은 금방이다. 환자 한 사람이 불만을 가지면 주위의 10~20명에게 병원 욕을 하는 것이 인지상정이다.

병원을 운영하다 보면 가끔 돈이 없거나 모자라다며 다음에 내면 안 되겠냐고 사정하는 환자들도 있고, 돈을 내지 않고 그냥 가는 환자들도 있다. 간호사들이 미수 장부를 보여주며 "전화라도 할까요?" 하는데 나는 그러지 말라고 한다. 의료보험이 있는데 그 정도도 내지 못하는 분들이면 사정이 오죽하겠는가…. 모른 척 도와드리면 마음으로는 고마워한다. 그렇게 마음 쓰면 그분이 입소문이라도 좋게 내지 않을까 하는 게 내 생각이다.

나는 평생 병치레를 하셨던 아버지를 생각하며 느낀 바가 있어서 개원할 때 병원 이름도 '프렌닥터'라고 지었다. '친구 같은 의사'가 되자는 마음에서 그렇게 했다. 사소한 실수도 하고 한때 마음이 느

후포 등대에서 바라본 바다

사람은 얼마나 먼 길을 걸어야 진정한 삶을 알게 될까…
—밥 딜런 'Blowin' in the wind'

손해진 적도 있지만 '친구 같은 의사'가 되겠다는 그때 그 다짐은 한시도 잊지 않으려고 한다.

장모님과 건강

대장장이 집에 식칼이 논다는 말이 있다. 적절한 비유인지 모르겠으나 의사 사위가 있는데도 장모님 건강이 그다지 좋지를 않다. 그것도 내가 당뇨와 비만 전문인데, 당뇨병과 비만 때문에 고생하고 계신다. 그래서 그런지 건강 프로그램은 빼놓지 않고 보시는 것 같다. 장모님은 당뇨병이 심한 편은 아니라 약을 많이 쓰지 않고 스스로 조절하며 생활하고 계신다. 그리고 장모님의 과체중은 탄수화물 섭취가 많아서 그런 것이다.

우리나라 사람들의 비만은 밥배, 술배, 과일배라고 하여 주로 탄수화물 과잉섭취로 복부비만이 되는 게 문제다. 또한 50~60대 이상에서는 육류 섭취가 권장량에 미치지 못하는 경우가 30~40%에 이른다. 음식 취향은 어릴 적에 결정되는데 우리나라 사람들은 고기를 많이 먹으며 자라지 못했기 때문에 고기를 즐겨 먹지 않는다. 장모님도 '눌래' 난다며 고기를 좋아하지 않으신다.

건강 프로그램에서는 요즘 젊은이들의 서구형 식습관을 지적하면서 고기를 많이 먹지 말라고 하는 건데, 장모님은 그 말을 듣고서 고기는 무조건 건강에 나쁘다고 못을 박아 두신다. 그리고는 평소에 잘 드시지도 않는 고기를 그나마 아예 멀리 하신다. 심지어 살을 빼야 한다며 고기 대신에 채소 주스를 만들어 드시려고 한다. 비만을 관리하려면 오히려 육류 섭취를 늘리고 밥과 떡 같은 탄수화물을 덜 먹어야 한다.

우리나라 사람들은 '밥이 보약이다'라는 고정관념에 빠져 있다. 과거에 고기는 먹기 어렵고 밥이라도 많이 먹어야 배고픔을 면하던 시절 얘기가 머릿속에 깊이 박혀 있어서 그렇다. 오죽하면 '밥심으로 산다'고 했을까. 밥그릇 위로 소복하게 밥을 담아 김치, 풋고추에 고추장, 그리고 밥도둑이라는 젓갈로 식사를 했다. 이렇게 먹으면 80% 이상이 탄수화물이다.

가장 균형잡힌 식단의 구성은 탄수화물 60%, 지방 25%, 단백질

15%이다. 쉽게 말해서 1~2만 원 하는 백반 한정식이 그렇게 짜여 있다고 보면 된다.

고기는 건강에 나쁘고, 밥은 좋은 음식이다라는 게 장모님의 고정관념이다. 인류는 300만 년 동안 고기와 채소만 먹고 진화해 왔기 때문에 밥이 없어도 사는 데 지장이 없다. 그런데 장모님 같은 세대 분들은 고기는 없어도 밥은 꼭 먹어야 한다고 머릿속에 각인되어 있다.

장모님이 잘못 알고 있는 건강 상식 가운데 또 하나 안타까운 게 있다. 방송마다 짜게 먹는 것이 나쁘다고 강조하니까 음식을 너무 싱겁게 하시는 거다. 손맛이 있으셔서 뭘 하든지 맛있었는데 간을 싱겁게 하신 다음부터는 예전 그 맛이 아니다.

물론 1일 염분의 증가에 따라 수축기 혈압과 이완기 혈압이 오르긴 하는데, 짜게 먹는 게 혈압을 높이는 결정적 요인도 아닐뿐더러, 고혈압 환자의 60%와 정상 혈압인 사람의 25% 정도만이 염분에 민감하다고 알려져 있다. 또, 최근에 5g 이하의 저염식이 최상의 방법은 아니라는 보고도 있었다.

염분을 적게 쓰려면 대신 조미료를 사용하면 좋은데 MSG는 아예 쓸 생각조차 하지 않으신다. 감칠맛을 짠맛으로 착각하시는 것 같다.

사실, MSG는 서민들을 위한 조미료였다. 고기로 육수를 내는 일이 쉽지 않아 너도나도 MSG를 썼다. 그런데 고기로 우려내는 MSG나 시판하는 MSG나 같은 성분인데도 MSG 거부감이 심해져 MSG가 나쁜 인공조미료라는 인식이 확산돼 있다. 물론 고기에 들어 있는 단백질이나 다른 영양소는 흡수하지 못하지만 시판용에서도 고기맛은 느낄 수 있다.

장모님이나 아내가 MSG는 당연히 넣지 않아야 하는 것으로 알고 싱겁게 만든 국은 진짜 맛이 없다. 장모님은 비장의 천연조미료를 가지고 있는데 그 양도 자꾸 줄어들고 있어 예전의 맛이 나지 않는다.

실제로 인공조미료가 인체에 해롭다는 증거는 어디에도 없다. 많이 쓰지만 않으면 느끼하거나 소갈이 나지도 않는다. 더구나 주부가 직접 만들어 먹는 천연조미료는 말할 것도 없다. 조금 더 넣어서 짜더라도 아무 이상이 없다. 조금 짜면 물을 조금 더 마시면 되는 거니까…. 장모님 옛날 음식 맛이 정말 그립다.

인생 2막, 어떻게 살까

율곡 이이 선생은 인생의 3대 불행을 '소년등과 중년상처 말년빈곤'이라고 했다. 소년등과, 어린 나이에 급제하여 성공하면 인생의 고뇌와 진수를 알기 전에 자만과 방탕에 빠지게 된다. 중년상처, 중년에 부인을 잃고 홀아비가 되면 그보다 더 쓸쓸하고 불행한 것이 없다. 말년빈곤, 늙어서 돈마저 없으면 그보다 더 불행한 일이 없다. 사람의 인생을 갈파한 혜안이라 아니할 수 없다.

그러니 젊은 나이에 까짓것 일이 잘 안 풀리고 고생스럽다 해도 절망할 일은 아니고, 또 옆에서 스트레스 주는 아내라도 있다면 몸시 감사해야 할 일이며, 말년에 그럭저럭 먹고 살만한 재산이 준비되었다면 더더욱 감사해야 할 일이다.

지금 우리나라에서 공적연금 혜택을 받는 노인 인구는 32%에 불과하고, 노인빈곤율은 2011년 기준 45%로 OECD 국가 가운데 1위다. 사정이 이렇다 보니 은퇴 예정자들의 고민은 늘어만 간다.

요즘 들어 3040세대의 귀농이 부쩍 늘어나고 있다. 역시 똑똑한 젊은이들이 인생 2막을 미리 준비하는 것이다. 그러나 5060세대라 해도 너무 조급하지 않았으면 좋겠다. 당장 꽃망울이 보이지 않는다고 서두를 일도 아니고, 지금 꽃을 피우고 있더라도 열매를 언제 딸 것인지를 잘 조절해야 한다. 서두르면 열매를 맺기도 전에 꽃이 떨어질 수 있고, 너무 예쁜 꽃은 누군가 꺾어 갈 수도 있으므로.

우리나라 갑부의 대명사였던 이병철 회장(1910년생)은 첫 사업으로 1936년에 마산에서 협동정미소를 운영했다. 그가 본격적으로 꽃을 피운 것은 1954년 제일모직(44세), 1969년 삼성전자(59세)를 통해서였다.

삼성전자를 설립하여 오늘날 삼성그룹의 도약대를 만든 게 59세 때의 일이다. 64세 때에는 석유화학, 중공업을 설립하여 중화학공업에 진출하였고, 1982년(72세) 1,300억 원이라는 천문학적인 손해를 감수하고 반도체 산업에 뛰어들어 삼성을 세계적인 기업으로 성장시켰다.

그와 쌍벽을 이룬 정주영 현대 회장(1915년생)은 1965년에 본격적인 사업을 시작(50세), 1971년 현대그룹(56세)을 일구었고, 1992년엔 대통령후보(77세)로 대선에 출마했다.

53세 때 6·25로 잃었던 현대자동차를 재설립하고, 55세에 고리 원자력발전소 1호기를 착공하였으며, 2년 뒤에는 현대조선소를 세우고 성공가도를 달렸다. 현대조선 설립 당시 영국 버클레이 은행장을 찾아가 500원짜리 지폐에 그려진 거북선 그림을 보여주며, 한국이 옛날부터 조선업 강국이었음을 설명하고 차관 도입을 유치해 낸 일화는 유명하다.

정 회장의 장남 정몽구 회장도 1999년 62세 때 현대자동차·기아자동차의 회장으로서 제2의 인생을 화려하게 연 사람이다.

인고의 세월을 보내고 때를 기다리던 도쿠가와 이에야스는 임진왜란 중에 도요토미 히데요시가 사망하자 다이묘들을 제압하고 일본 최고의 실력자가 되는데, 이때 그의 나이가 57세였다.

《삼국지》의 유비도 50세에 처음으로 본격적인 성인 형주성을 얻었다. 황실의 친척이라고는 해도 젊은 날에는 말단 관직에 있다가, 관우와 장비를 만나 황건적의 난 때 토벌군으로 참전하지만 적군에게 패해 달아나 공손찬에게 의탁하였다. 서주목이 된 뒤에는 여포의 공격으로 서주를 빼앗기고, 조조에게 의탁하였다가 조조 모살계획이 사전에 누설되자 원소에게 가고, 원소가 관도대전에서 조조에게 패하자 유표에게 가서 객장이 되었다. 이때 그 유명한 삼고초려를 하여 제갈량을 맞아들여 형주에서 기반을 구축했는데, 그때가 그 옛날의 50세였다. 이후 한중을 공격하여 한중왕이 된 것이 59세 때였으며, 형주 탈환과 관우 · 장비의 복수를 위해 오나라 손권을 공격하지만 이릉 싸움에서 대패한 뒤 백제성에서 제갈량에게 후사를 부탁하고 223년, 63세의 나이에 병사한다.

앞에서 얘기했듯이 나도 인생 2막을 잘살고 싶고, 좀 늦었지만 은퇴 이후도 준비해야 한다. 너무 유명하고 출중한 분들 예를 들어서 먼 나라 얘기 같지만, 그런 인물들조차 느지막이 꽃 피우고 열매 맺었다는 사실을 알리고 싶어서였다. 그러니 그런 위인 곁에 가까이 갈 수도 없는 나는 좀 더 편하게 생각하자, 그런 위로를 해 본다.

과거에 운동권이었고 인지도가 높아졌다 해서 정치 하는 것 아니냐는 말들도 한다. 학창시절 친구들, 선배들 가운데 국회의원이 된 사람이 거의 서른 명에 가깝다. 하지만 나는 정치인이 되는 것에 별 관심이 없다. 주된 이유는 돈이 없다. 돈 없는 정치인은 비리를 저지르거나 타락하기 십상이므로 나 같은 사람이 정치를 하면 딴생각하기가 쉽다.

행복한 인생 2막을 위해선 일단 빚부터 청산하고 싶다. 뭐, 갚을 능력 있으니까 크게 걱정하지는 않는다. 늘 얘기하지만 빚이 있기 때문에 운동도 열심히 하고 건강하게 일하고 있으니 그날이 오리라고 믿는다.

은퇴 후에는 제2의 고향이 된 후포리에 가서 재능기부를 하며 지내고 싶다. 시골에 진료소를 내 봉사하고 이곳저곳으로 건강강연도 다니면서 살고 싶다. 그리고 가끔씩 배 타고 나가 낚시를 즐기며 이웃들과 소주 한잔 나누며 행복하게 살고 싶다. 이 정도면 인생 2막, 해피 엔딩 영화가 아닐까….

월송정, 언제 다시 오려나

'백년손님'을 촬영하느라 2주에 한 번씩 처갓집에 다녀오고 있다. 이 프로그램에 2년 넘게 출연하고 있으니, 후포리 처갓집 문턱이 닳도록 다니고 있는 셈이다.

자연히 승용차를 많이 이용하다 보니 주변에선 '차 좀 바꾸라'는 말을 많이 하는데 나는 그 말에 선뜻 동의하지 못한다. 13년째 타고 있는데다 평소 차를 깨끗하게 관리하지 않아 외관도 낡고, 길 위에서 엔진이 멈춰 견인차 신세도 서너 번 졌지만 바꾸고 싶지가 않다.

쓰던 걸 버리고 새것으로 바꾸는 것을 나는 상당히 주저하는 성격이다. 그것이 사람이든 사물이든 간에 이별을 하는 일은 쉽지가 않아서 털털거리는 승용차도 그럭저럭 오래도록 잘 몰고 다니고 있다.

후포리에 가 보니 30년이 넘은 재봉틀이 떡하니 자리를 차지하고 있었다. 내가 깜짝 놀라 물었다. 이거 쓸 수 있는 거냐고. 그랬더니 장모님 말씀이 잘 되지는 않지만 정이 들어서 버릴 수가 없다고 하신다. 시집 오셔서 장인은 물론 5남매의 옷을 일일이 짓고 수선하던 재봉틀이니 거의 당신의 손과 다름없는 물건인 것이다. 말이 재봉틀이지 그 깊은 정을 무엇에 비교하겠는가. 이런 게 엄마의 마음인 것 같은데, 나 역시 정든 물건을 쉽게 버리지 못한다.

하지만, 예기치 못하게 찾아오는 이별을 너무 두려워할 건 없다. 그것을 자연스럽게 받아들이면 그 이별은 또 다른 만남을 기약하는 일이 되는 것이므로.

평해읍 월송리 바다로 가는 길목에는 나지막한 소나무 숲 사이에 우뚝 솟은 정자가 한 채 있다. 누대에 올라서면 그윽하게 솔숲이 펼쳐지는데, 멀리 바닷물이 넘실거리는 풍경까지 합쳐지면 그대로 한 폭의 그림이다.

발아래로는 청정한 소나무들이고, 솔잎들 사이로 바닷바람이 빠져 나가며 내는 소리가 귀를 가득 채운다. 그 너머로 거칠 것 없이 수평선이 그대로 하늘과 맞닿아 있으니, 마치 소나무 구름 위에 둥실 뜬 듯한 기분이 든다.

이곳은 후포리 사람들이 야유회 삼아 자주 가는 곳이고, 이 주변에서 결혼식도 많이 열리고 해서 그분들에게는 추억의 명소인 셈이다.

나는 신혼여행 때 월송정엘 처음 들렀다. 장모님이 울진에서 구경할 만한 곳으로 제일 먼저 월송정이 떠올랐는지 꼭 가보라고 하셨다. 그때도 경치는 아름답다고 느꼈지만 아직 추운 3월이라 대충 둘러보고는 말았다. 한데 이번 봄에 가 보니 바닷바람을 맞으며 자란 장대한 소나무와 거기서 풍겨나는 솔향, 그리고 그 사이로 보이는 바다 풍경이 '왜 여기가 관동팔경의 하나인지'를 알게 해 주고도 남음이 있었다.

월송정(越松亭)은 '月松亭'이라고도 불렸는데, 이는 신라의 영랑 · 술랑 · 남속 · 안양 네 화랑이 울창한 소나무 숲에서 달을 즐겼다 해서 붙여진 이름이라고 전한다. 이곳을 찾은 시인 · 묵객들은 하나같이 탄복하지 않은 이가 없었다고 한다.

월송정은 고려 때에 왜구의 침입을 살피는 망루로 처음 세워졌

월송정

"이 좋다는 데를 난생 처음 왔는데 이제 또 언제 오겠나."

다. 그러다가 왜구의 침입이 잠잠해진 조선 중기에 중종반정의 공신이었던 박원종이 관찰사로 와서 이곳에 정자를 중건하였고, 이후 관동팔경의 하나로 꼽히면서 뛰어난 풍광으로 사랑받았다. 겸재 정선도 '월송정' 그림을 멋들어지게 그려냈다. 그러나 아름다운 풍광이 모든 근심을 씻어 줄 수 있는 것은 아닌가 보다.

1906년에 영덕에서 의병을 일으킨 평민 의병장 신돌석은 소년 시절에 이곳에 와서 "누대에 오른 나그네 갈 길을 잃고 / 잎이 진 나무로 덮인 강토를 탄식한다 / 남자 나이 열네 살에 무엇을 이루었는가 / 가을 바람 비껴 감개에 젖는다"고 읊었으니, 나라 잃은 설움을 달랬던 곳이기도 하다.

세월이 지나면서 퇴락한 건물은 1933년에 다시 중건되었으나 일제 말기에 미군 폭격기의 목표가 된다 하여 일본군이 그나마 아예 헐어 버렸다. 1964년, 재일교포들이 정자를 신축하였으나 정자라기보다는 철근 콘크리트로 지은 전망대식의 현대적인 건물이었다. 이후 옛 모습과 같지 않다 해서 해체하고, 1980년 7월 현재의 정자(정면 5칸, 측면 3칸)로 복원하였으며, 현판은 최규하 전 대통령의 휘호로 되어 있다.

이 울창한 송림 가까이에는 백사장이 4km나 뻗어 있는 구산해수욕장이 있으니 월송정에서는 바람을, 구산해수욕장에서는 바다를 즐길 수 있다.

이곳으로 장인 장모님, 그리고 마을 어르신들을 모시고 놀러 간 적이 있다. 그분들이 월송정에 가는 걸 어찌나 좋아하는지…. 가까이 있어도 마땅한 교통수단이 없고, 걷는 것도 불편하다 보니 예전처럼 쉽게 가볼 수가 없는 것이다.

한 분이 "이번이 마지막으로 오게 되는 거 아냐?" 하고 눈시울이 촉촉해지는 것을 뵈니 즐거웠던 소풍이 쓸쓸해졌다. 잔정이 없어 보이는 장모님조차 "이 좋다는 데를 난생 처음 왔는데 이제 또 언제 오겠나." 하시길래 내가 "내년에 또 옵시다." 위로해 드렸더니 "아이구, 지척이 천리다."라며 인생 무상을 토로하신다. 이분들에게는 월송정이 그만큼 마음속 깊은 추억의 장소인가 싶어 마음이 찡했다.

어르신들의 살아생전 마지막이 아니겠냐는 말씀을 들으며 생각했다. 이번 가을에도, 내년 봄에도, 또 여름에도 자주 모시고 와야겠다고.

돈 좀 돌았으면

나는 식탐이 꽤 있다. 사람들이 중국집에 가면 짜장면하고 짬뽕 사이에서 고민한다고들 하는데, 나는 짬짜면에 만두를 같이 먹어야 직성이 풀린다.

이런 식탐 때문에 아내랑 같이 식당에 가면 다툼이 생긴다. 음식을 많이 시키면 아까운 음식을 버리게 되지 않느냐 하는 게 표면적인 이유인데, 아내의 속뜻인즉 쓸데없이 돈을 많이 쓰게 되니까 싫은 것이다. 그런데 나는 큰 도움은 안 되더라도 좀 많이 팔아 주고 싶은 마음이 있어서 몇 가지 더 시키곤 한다.

나는 재래시장에 가는 걸 참 좋아하는데, 사람 사는 냄새도 나고 맛있는 것도 많아서 좋다. 그런데 여기서도 아내하고 종종 싸우게 된다. 아내는 살림살이를 하니까 가격에 민감해서, 마트보다 비싸니까 사지 말자는 것이다.

하지만 시장에서 장사하는 분들의 얼굴을 보면 사주고 싶은 마음을 억제할 수가 없다. 요즘엔 내 얼굴을 알아보고 "남서방! 이것 좀 사줘요." 하고 부르는데 그걸 어떻게 외면할 수 있겠나? 아내가 뭐라고 하든 내가 볼 때에는 물건 값도 싼 거 같고 음식도 맛있어 보인다. 그리고 내가 크게 손해 보는 것도 아니고, 상인들이 우리 이웃, 부모님 같은 분들인데 좀 사드려야 되는 거 아닌가.

시장에서 장사하는 분들이 대부분 서민 내지는 자영업자들인데, 700~800만 명의 자영업자들이 우리나라 밑바닥 경제를 지탱하고 있다. 그러니 소비를 해서 시중에 돈이 돌아야 자영업자가 살고, 그러면 기업이 생산한 물건이 팔리고, 그러면 다시 기업은 수익을 올리고… 이렇게 돈이 흘러 다녀야 서민들이 사는 것이다.

소비가 미덕이란 말처럼 어차피 자본주의 사회는 돈 버는 사람들이 어느 정도는 써 주어야 경제가 돌아간다고 본다. 물론 돈이야 대기업이 가장 많이 번다. 그러나 우리나라의 경우 대기업의 민간경제 기여도는 생각만큼 크지가 않다.

독일은 국부의 64.5%를 창출하는 대기업이 일자리도 40%를 담당하는데, 우리나라의 대기업은 국부의 62.3%를 창출하지만 일자리는 겨우 13.2%만을 만든다. 당연히 임금도 중소기업보다는 대기업이 월등히 많다. 대기업이 임금을 올리거나 번 돈을 쌓아 두는 대신에 투자를 하든 협력업체를 도와주든 청년들을 고용하든 경제 활성화를 위해 더 적극적으로 나서 주었으면 좋겠다.

법인카드 사용한도도 늘려서 서민경제에 활력을 주면 좋겠다. 물론 국세청에서 법인카드 사용을 규제하고 있어서 쓰고 싶어도 더 쓸 수 없는 형편이다. 그런데 왜 법인카드를 제한하는지 모르겠다. 그거야 회계법인에서 정리하고 감사나 주주들이 판단하면 되는 일 아닐까? 알아서 쓰겠다는데 왜 국가가 나서서 간섭하는지 모르겠다. 회사에 감사가 있고 이사회가 있고 결산보고를 통해 주주들이 알아서 판단하면 되는데 말이다.

경제, 일단은 돈을 제일 많이 버는 대기업이 돈을 써야 된다. 당장은 비용처럼 느껴지겠지만 기업의 장기 성장에 도움이 된다.

우리 병원은 직원이 30여 명 되는데, 이 가운데 10년 이상 근무한 직원이 많다. 누구는 직원이 너무 많다고 조언한다. 나도 경영상 인원을 줄이고 싶은 마음도 생기지만 더불어 같이 가야겠다는 생각이 더 많다. 그 사람들이 일을 해야 생활비, 여가활동비 쓰면서 그 돈이 서민경제를 돌아가게 할 테니까.

병 · 의원 역시 경제와 밀접하게 관련된다. 경제가 안 좋으면 국민건강보험공단이 엄청 흑자를 보고, 경제가 좋으면 적자를 본다. 경제의 좋고 나쁨이 몸 아픈 것과 무슨 상관이냐 하겠지만 돈벌이가 나쁘면 몸이 아파도 병원에 안 가고 의료보험료도 제때 못 내는 것이다. 그러다 큰 병이 되면 대학병원으로 간다.

규모가 작은 동네 병 · 의원은 실제로 지역 주민들이 수시로 들락거리는 동네 주치의 같은 곳이다. 우리 병원에 오시는 환자의 90% 이상이 동네 주민들이다.

한번은 혈압약을 받으러 오시는 환자에게 "이렇게 약을 안 드시면 큰일난다."고 하니까 그 환자가 조그만 목소리로 "저, 퇴직했거든요." 하신다. 돈이 없으면 꼭 필요한 약도 줄이게 되는 게 서민들이다.

내가 옛 추억을 떠올리며 재래시장을 가고 뒷골목에 있는 식당들을 찾아다니는데, 사실 이분들이 나와 같은 자영업자이기도 하고 실제로 우리 병원을 찾아오는 환자 분들이다. 아내가 뭐라 하든, 아니면 아내 몰래라도 시장에 자주 가서 많이 팔아 드려야 한다.

대한민국, 잘되면 좋겠다

청년 시절 나라의 현실과 미래에 대해 고뇌하고 직접 행동으로 나서 본 적이 있다. 그래서 한때는 사법고시에 도전할 마음도 먹었고, 같이 운동권에 있던 친구들처럼 정치를 해 볼 생각도 잠시 가졌다. 그러나 여건이 되지 않고 관심도 적어져서 의사의 길을 걸었다. 하지만 시민의 한 사람으로서, 병원을 운영하는 의사로서 우리나라의 장래에 대해 여러 생각을 하게 된다.

외국에 나가면 애국자가 된다고 한다. 나는 외국에 자주 나가진 않지만 우리나라가 잘돼야 비즈니스를 하든 여행을 하든 대접도 잘

받을 수 있다. 그런데 어려서부터 자주 들은 말이, 우리나라는 너무 작아서 한계가 있다는 말이었다. 우리 이웃에 중국이나 일본 같은 나라가 있어서 그런 것인지, 아니면 일제의 식민사관 영향이 있는 것인지 참 엉터리 같은 얘기란 생각이 든다.

우리나라 면적이 99,720㎢로 세계 109위니까 작은 나라라고 하겠지만 인구는 5,000만 명으로 세계 26위고, GDP는 1조 4,495억 달러로 세계 13위, 1인당 국민소득은 2만 8,180달러로 세계 30위 수준이다. 그러나 국토 면적과 인구만 가지고 한계를 말하는 것은 부정적 사고방식이요, 단견이라고 하겠다. 일례로 스웨덴과 덴마크, 핀란드, 스위스는 인구가 1,000만이 안 되지만 세계 정상급 부자 나라가 아닌가.(2014년 기준)

스위스는 면적 41,277㎢에 인구는 약 800만 명인데, 국토의 대부분이 알프스산맥의 능선에 걸쳐 있다. 인구나 국토로 볼 때 부국이 될 수 없는 여건임에도 과학기술 강국이다. 기계제조, 정밀기계, 금속가공기계, 발전 및 선박용 터빈, 인쇄기기, 전자제품 및 의료기기 제조, 광학기기, 발전설비, 정밀측정기기 등의 제조업이 우수하고, 세계적인 제약회사(Novartis, Roche, Serono)가 있다. 1인당 국민소득은 세계 5~6위권이다. 무역의존도가 GDP의 83%(한국은 69%)를 차지할 만큼 외국과의 수출입에 크게 의존하고 있어도 잘사는 나라이다.

덴마크는 인구 550만 정도이고 면적은 43,094㎢이다. 낙농업이 유명하지만 식료품, 철강, 화학, 기계공업 등이 발달했고, 식품·농산물 가공업과 화학, 제약, 엔지니어링, 가구, 전자 분야가 발달해 있다. 세계적인 완구회사 레고, 맥주회사 칼스버그도 있다.

노르웨이는 인구 465만 명, 1인당 국민소득 101,271달러로 세계 3위다. 전 국토의 3%만이 농사를 지을 수 있을 정도로 효율성이 떨어지는 나라인데 금속, 제철, 목재, 제지, 조선, 전기공업 등이 주종산업을 이루고 있다. 이웃 나라 스웨덴, 덴마크와 더불어 세계 최고 수준의 복지국가이다.

핀란드는 인구 530만 정도에 1인당 국민소득 47,625달러이다. 제지, 펄프, 선박, 화학, 섬유 등이 발달해 있고 전자회사 노키아가 유명하다. 역사적으로 우리가 중국과 일본 사이에 있는 것처럼 핀란드는 스웨덴과 러시아 사이에서 끊임없이 고통을 받았다. 전화교환기, 무선 핸드폰, 텔레비전 같은 전자제품이 세계적이고, 유리잔, 칼, 가구, 양말 등은 뛰어난 디자인으로 국제시장에서 높은 경쟁력을 과시하고 있다.

후포항 대게축제

스웨덴은 인구 980만 명에 1인당 국민소득 57,297달러로 세계 7위다. 세계적인 휴대폰 제조업체 에릭슨, 자동차회사 사브, 세계 최대 가전업체 일렉트로룩스, 트럭 제조회사 스카니아, 제약회사 아스트라제네카, 터빈 제조업체 ABB도 가지고 있다. 요즘 한국에 진출한 조립식 가구회사 이케아도 스웨덴 기업이다. 이 나라는 내수보다는 해외 수출 비중이 크다. 작은 내수시장이 오히려 기업의 국제화를 촉진하는 요인이 되었다.

우리나라에는 이 같은 나라와 비슷한 규모의 도시가 여럿 있다. 서울은 1,000만이니 큰 나라이고, 부산 352만, 인천 280만, 대구 250만, 대전 153만, 광주 147만… 등은 유럽의 웬만한 나라 인구 수준의 도시들이다.

이렇게 보면 우리나라가 작아서 문제라고 말할 것도 없지 않을까. 기업들이 국내에서 땅 짚고 헤엄치기 식 사업에 눈독을 들이지 말고 세계로 눈을 돌려 진짜 국제경쟁력을 갖춘 회사가 줄줄이 나왔으면 좋겠다. 기술력, 제품력을 갖춘 강소기업들이 더 많이 나오고, 월마트 같은 세계적 물류회사, 라마다나 하얏트, 힐튼 같은 세계적인 호텔사업 회사도 나오면 좋겠다.

이렇게 보면 답이 나온다. 즉, 나라가 작아도 잘사는 데는 아무

문제가 없다. 사람, 인재를 키우면 작은 나라도 잘살 수 있다는 게 정답 아닐까?

꽉 막힌 의료계

직업이 의사다 보니 의료와 관련된 분야엔 저절로 관심이 간다. 대학 중에서도 의과대학을 들여다보면 해마다 3,000명 이상이 의대에 들어가고 있다. 30년 전에도 의대에 들어가는 게 쉽지 않았으니, 예나 지금이나 공부깨나 하는 학생들이 몰려오고, 이 사람들 수만 명이 졸업 후 의사로서 활동하고 있다고 봐야 한다.

1960년대에는 화공과, 70년대에는 건축 · 조선공학과가 인기였고, 80년대에는 전기 · 전자공학과, 그 이후 컴퓨터공학과가 각광을 받았다. 유능하고 패기에 찬 인재들이 정유 · 화공 분야를, 그 후

건설과 조선 그리고 벤처 붐과 더불어 IT 분야에 몰려들어 경제 성장에 기여했다.

그런데 의료 분야는 어떤가. 물론 대학병원이나 대기업 병원에 우수한 인재들이 모여 있기는 하지만 의료세계화가 안 되니까 국내 진료에만 매달려 있을 뿐 국가경제에 기여하는 바가 미미하다. 실제로 아산병원(1조 2,700억), 삼성서울병원(1조 1,600억), 서울대병원(1조 300억), 신촌세브란스병원(1조 300억) 등이 국내 진료에서 차지하는 비중은 어마어마하다. 국내 환자 유치 내지는 수익 극대화를 위해 건강검진이나 1차 진료에 많은 노력을 기울이고 있다.

대학병원은 연구와 교육이 주된 목적이고 1, 2차 진료기관에서 치료하기 힘든 3차 진료와 암 치료에 주력해야 한다. 그런데 안타깝게도 의술은 세계 최고 수준에 올라 있는데 의료가 국가경제에 기여하지 못하고 있다. 요즘 싱가포르, 태국이 해외 환자를 유치하고 있다는데, 우리나라와 지리적 이점이 있는 중국, 미국, 러시아 환자를 유치한다면 얼마나 좋을까 싶다. 경쟁력 있는 대형병원이 외국 환자들을 볼 수 있도록 규제를 풀어 주고, 오히려 인센티브를 주어야 한다.

의학적으로도 의미가 없는 건강검진은 중소 병원으로 넘겨주고

Lespo

1, 2, 3차 의료전달체계에 역행하는 진료도 하지 말아야 한다. 현재 우리나라는 3차 의료기관만 엄청나게 비대해져 있는 가분수 같은 구조다. 언론에서는 의료관광이라고 해서 성형외과, 피부과, 건강검진 분야를 거론하고 있는데, 실제로는 전문적인 질병치료가 엄청난 수익을 올리는 것이다. 한국 경제가 수출이 살 길이듯이 우리의 우수한 의료인이 살 길은 해외 환자 치료가 탈출구이고 국가경제에 기여할 수 있는 유일한 길이다.

여기에 더해 원가에 미달하는 의료수가를 현실화해 주어야 한다. 적정 수준이 되어야 국민들의 의료서비스 만족도가 올라갈 것이다. 병원이 돈 벌던 시절은 의약분업 이전이나 의료보험 이전이었으니, 정말로 호랑이 담배 피던 시절 얘기다.

우리나라 사망 원인을 보면 1위 암, 2위 심장질환, 3위 뇌혈관질환으로, 이들이 포함된 4대 중증질환은 의학적 중대성이 크고 국민들의 의료보장에 대한 요구가 높은 질환들이다. 암, 심장질환, 뇌혈관질환, 희귀난치성질환 등 4대 중증질환은 첨단 검사, 고도의 수술 및 고가의 항암제 등을 사용하게 되어 막대한 의료비가 들고, 고액의 비용은 가계에 큰 부담으로 작용하여 한 가정이 빈곤층으로 전락하게 되거나 가정파탄의 원인이 되기도 한다. 고액 진료비가 발생한 상위 50개 질환 중 4대 중증질환 진료비는 60%를 넘는다.

돈이 없어 진료를 못 받으면 안 되므로 일단 소득이 낮은 사람들은 국가에서 의료보장을 해 주어야 한다. 돈 없으면 대형병원에서 진료해 주지 않을까 우려하는 목소리도 있지만 현재 우리나라 병·의원은 강제 지정 의료보험제도에 있기 때문에 환자 거부는 불가능하다.

목돈이 들어가는 암, 희귀질환, 중증질환, 응급진료에 의료비 지출을 집중하는 대신에 개인이 부담할 수 있는 간단한 감기 등의 치료비에는 의료보험비 지출을 줄이고(요즘 실손보험을 많이 가입해서 부담이 생각보다 크지 않을 것 같다), 1, 2, 3차 의료전달체계를 구축해서 돈 많이 드는 대형병원으로의 환자 쏠림현상을 막아야 한다. 국공립 대형병원과 보건소 등은 사립병원이나 개인병원과 수익 증대를 위한 경쟁을 못하게 하고, 예방사업, 중증질환, 희귀질환 치료에 전념하게 해야 한다.

현재 대형병원이 붐비는 이유는 경증의 감기 환자 같은 1차기관 환자로부터 1차기관에서 봐야 하는 당뇨병, 고혈압 관리까지 하고 있고, 2차기관에서 충분히 치료할 수 있는 감염, 외상, 수술까지 하기 때문이다. 여기에 건강검진까지 한다.

한국의 의료는 지정학적으로 중국, 러시아, 일본에서 두세 시간

거리이고, 미국이나 유럽에서는 인천국제공항으로 직항할 수 있으므로 경쟁력이 있다. 인천국제공항은 이미 세계적인 허브 공항으로 성장했다. 또 동남아시아보다 기후도 좋다. 세계 수준의 의술인데 의료비가 아주 저렴하기도 하다. 의료 분야가 국가 발전에 기여할 수 있으면 좋겠다.

세 번째 이야기

쩨쩨하지 않게, 행복하게

을의 마음

개원 초기에 겪은 어려움 가운데 하나가 고객 유치였다. 병원에 건강검진센터를 같이 열었는데 단체 검진이 들어올 때까지 앉아서 기다릴 수만은 없어 회사를 찾아 다니기로 했다.

선배나 지인들을 수소문해서 회사 복리후생 담당 직원에게 병원 소개를 할 수 있는 기회를 달라고 부탁했다. 그렇게 해서 어렵게 약속을 잡긴 했지만, 인지도가 없는 병원에서 단체 검진을 부탁하니까 문전박대를 당하곤 했다. 기업체를 찾아가면 출입증을 받아 들어가야 하는데, 담당자가 문을 열어 주거나 연락해 주지 않으면 그 사람이 올 때까지 하염없이 기다려야 했다. 기존 병원들도 경쟁이 치열한데 신생 병원까지 끼어들기가 여간 힘든 게 아니었다.

당시 건강검진 비용이 1인당 20만 원 정도 했으므로 직원이 1,000명이라면 2억을 유치하는 것이다.(현실적으로 1,000명씩 검진하는 회사는 별로 없지만) 그러나 회사 입장에서는 큰돈이 아니고(나한테는 크지만), 괜히 병원을 잘못 선정해 불만이라도 나오면 욕만 엄청 얻어먹으니, 잘해야 '본전'인 일을 하려고 하지 않았다. 또 우리 병원이 다른 병원들보다 월등하게 좋은 시설인 것도 아니고… 병원을 바꾸고 싶지 않았을 것이다.

이 핑계 저 핑계로 나를 피하고, 어렵게 만나게 되더라도 일이 성사가 되진 않았다. 그러다 몇몇 회사 검진을 시작했더니 병원이 좁다느니, 불친절하다느니, 불평하는 직원이 많다느니 하면서 다음에는 더 이상 못하겠다는 말이 나와 정말 속상했다.

하는 수 없이 빚을 더 내서 병원을 넓히고, 인테리어도 네 번이나 고쳤다. 그럴 때마다 '아, 이게 을의 서러움이구나' 싶어 속이 많이 상했다. 이제껏 을의 입장에 서 본 적이 없으니 더 허탈할 수밖에.

아무튼 자존심을 병원에 두고 이리저리 뛰어다녔다. 기업체를 일일이 방문하고 프레젠테이션도 직접 했다. 그러는 와중에도 내 전

"사프하게, 즐겁게, 매사를 긍정적으로 보면 행복해져요."

공(내분비내과)을 살려 내과 진료도 열심히 병행했는데, 지금은 진료 비중이 훨씬 더 커졌다. 돌이켜보면, 그렇게 정신없는 중에도 진료를 병행한 것이 효자가 되어 병원이 살아났지, 건강검진만 했다면 부도가 났을지도 모를 일이다.

문제는 갑을 관계의 연장선에 있는 최저입찰제였다. 회사마다 검진 비용은 정해 놓고 같은 값에 검진 항목이 많은 병원을 선정하다 보니 소위 앞으로 남고 뒤로 손해를 보는 구조인 것이다. 거의 손해를 보면서도 항목을 있는 대로 다 포함시켜야 했으니 수익이 날 수가 없었다.

최저입찰제는 정말 문제다. 갑의 입장에서도 부실을 부추겨 부메랑이 되어 돌아올 수 있다. 이런 종류의 입찰은 발주처에서 적정한 비용을 조사해서 그 가격에 가장 적합한 계획서를 써낸 병원을 선정하는 게 맞지 않나 싶다.

아무 기준 없이 무조건 비용만 줄이려고 하다 보면 당연히 부실이 발생한다. 공공기관이 예산 절감을 위해 도입하고 있는 최저가 낙찰제도가 결국 건설현장의 안전 문제로 이어지는 경우를 종종 보지 않는가.

단체급식도 최저입찰제는 안 된다. 무엇보다 안전해야 할 먹거리, 특히 학생 급식이나 직원 급식은 위생적 · 영양적으로 중요하다. 실제로 직원들이 구내식당을 외주 위탁으로 운영하는 것을 반대하는 데에는 이유가 있다.

요즘 방송 출연을 하면서 들여다보니 드라마나 예능 프로그램이 거의 외주 제작인데, 여기서도 갑을 관계가 명확해 대부분 최저입찰 비슷하게 저비용의 제작비가 책정되어 있는 것 같다. 드라마 한류가 우리나라 국가경쟁력을 상당히 올린다고 하는데, 대박을 낸 드라마 제작사도 적자에 허덕인다면 좋은 드라마가 계속해서 나오긴 어렵지 않겠는가. 좋은 감독, 뛰어난 작가, 훌륭한 연기자가 있어서 세 박자가 맞아야 성공하는 건데 그에 걸맞은 제작비를 지급하지 않는다면 한류도 한계에 부딪힐 게 뻔하다.

갑과 을의 입장이 이렇게 다르니 대기업에 납품하는 기업들은 얼마나 힘들까? 치열한 경쟁을 뚫고 들어간다 해도 을의 한계는 어쩔 수 없다. 대기업을 상대로 하면 외형만 크지 절대 돈을 벌지 못하고, 어느 순간 더 저렴한 가격의 업체로 오더가 넘어가면 곧바로 부도 위기에 빠지게 된다. 들리는 말에 의하면, 대기업 노조가 파업해 임금을 올리면 하청업체 납품 단가가 그만큼 내려간다는 얘기도 있다.

최근엔 홈쇼핑의 갑질도 도마에 올랐다. TV홈쇼핑은 백화점, 대형마트와 함께 주요 유통채널 중 하나로 그 시장 규모가 10조 원을 육박할 정도다. 10분에 한 번꼴로 울리던 주문전화는 이제 1분에 1,000콜 수준이다. 특히 우리나라 TV홈쇼핑은 소매업에서 차지하는 비중이나 매출액 측면에서 세계 최고 수준이라고 한다. 이러다 보니 홈쇼핑으로 나가려는 제품들이 줄을 서게 되고 홈쇼핑과 납품업체 간의 갑을 관계가 굳어지게 되었다.

자신이 갑의 위치에 있다면 진실로 겸손해야 하고, 주위를 돌아보며 억울한 일은 없는지 살펴 줘야 한다. 내가 지금 갑의 위치에 있다고 해서 언제까지나 갑은 아니지 않은가. 그 위치에서 내려오거나 퇴직하거나, 또는 을의 입장이 될 수도 있지 않은가.

모든 비즈니스나 사회활동은 윈윈 게임이 되어야 한다고 생각한다. 상대방의 이익을 존중해 주어야 그것이 궁극적으로 다시 나에게 돌아오는 것이다. 대기업이나 대형마트의 물건들을 소비하는 이들은 누구인가? 대개는 을이다. 중소기업 직원 가족들이나 영세 자영업자들이 소비해 주는 것이다. 갑이라고 해서 을을 마구 취급하면 안 된다. 서로 상생해야 한다.

나도 회사 건강검진의 경우에는 을이지만 병원을 운영하거나 진료를 볼 때에는 갑이 된다. 나는 우리 병원을 찾아오는 제약사나 의료기 회사 영업사원들을 대할 때 신경을 쓰는 편이다. 진료할 때에도 환자 분들이 우리 병원 직원들의 월급은 물론, 병원을 운영할 수 있도록 도와주시는 분들이라 생각하고 성의를 다해 진료한다.

우리 사회에는 이상한 슈퍼갑들이 많다. 판 · 검사는 법 앞에서 슈퍼갑, 공무원은 행정에서 슈퍼갑…. 하지만 갑을 관계는 마치 뫼비우스의 띠처럼 꼬여 있다고 본다. 갑이지만 갑이 갑이 아닌 거다. 혹시라도 자신이 갑의 위치라고 생각하시는 분들은 억울한 일이 없도록 항상 을의 입장에서 역지사지해 보시라.

돈 벌고 나서 잘해야 진짜 프로

1960~70년대에 우리나라 복싱 선수들은 대단했다. 헝그리 정신이라 해서 자신의 배고픔과 싸웠기 때문에 그보다 절실할 수 없을 정도로 목숨을 걸었다. 가난은 오히려 사람을 부지런하게, 건강하게, 그리고 훌륭하게 만드는 원천임에 틀림없다. 그런데 그렇게 헝그리 정신으로 정상에 오른 뒤엔 정신이 나태해지는 경우를 많이 본다. 특히 이른 나이에 성공한 경우엔 말년이 좋지 않은 예가 많다.

로또의 경우도 마찬가지다. 복권에 당첨되어 갑자기 수십억 내지 수백억 부자가 된 사람 가운데는 불과 몇 년 지나지 않아 가진 재산다 날리고 오히려 당첨 이전보다 더 어려워지는 사람이 많다고 한다.

'박수 칠 때 떠나라'는 말도 있다. 일단 성공하게 되면 최정상에 있을 때 떠나는 사람이 간혹 있다. 이런 사람들을 보면 정말 신비하게 보인다.

연예인 중에도 인기 절정에 있을 때 무대 뒤로 사라지는 배우가 더러 있다. 영화를 좋아해서 예전의 은막 스타들을 좀 아는데, 그 대표적인 배우가 그레타 가르보다. '마타하리' '안나 크리스티' 같은 영화로 은막의 여왕 자리에 올랐는데, 우수를 머금은 듯한 미모와 애련하고 쓸쓸한 이미지를 풍기는 스웨덴 출신 할리우드 배우다. 그녀는 36살에 은퇴, 뉴욕에서 은둔생활을 했으나 그 인기는 시들 줄 몰랐다.

하지만 대부분의 배우가 전성기 때 은퇴하는 경우는 드물다. 내가 아는 배우도 20대에 잘생긴 주인공이었다가 언제부턴가 삼촌으로 나오고, 간혹 젊은 아버지나 장인 배역을 하기도 한다. 좀 더 시간이 흐르면 요즘 잘나가는 원로들처럼 회장님이나 할아버지 역을 맡을 것이다. 박수 받을 때 떠난다는 게 힘들고, 또 그럴 필요도 없다고 생각한다. 어차피 인생이란 게 1막에서 살다가 멈출 수는 없는 것 아닌가? 나이 50에서 80까지를 인생 2막이라고 할 때, 어찌 보면 2막이 인생에서 제일 긴 기간이고 가장 중요한 시기일지 모른다.

내가 좋아하는 프로야구에서도 FA 대박을 터뜨리고는 부상당해 시름시름 앓다가 급기야 먹튀 소리를 들으며 은퇴하는 선수를 본다. 그러고 싶어서 그렇게 되는 건 아니겠지만 마음가짐이 다르니까 급격히 나빠지는 것이다. 헝그리 정신으로 눈물 젖은 빵을 먹어가며 FA 대박을 터뜨렸을 때보다 분명 긴장감이나 절실함이 덜했을 것으로 보인다.

하지만 40이 넘어서도 프로야구에서 주전으로 활동하며 계속 변신하고, FA로 팀을 옮긴 뒤에도 더 열심히 하는 모습을 보여주는 경우가 있다. 양준혁 선수가 인터뷰에서 한 말이 기억난다. 자신은 홈런 타자라기보다는 중장거리 타자지만 통산 최다 홈런을 기록했는데, 36살 때 성적이 반토막 나서 다들 은퇴할 거라고 봤지만 '나이 들어 부진하다'는 소리가 듣기 싫어 신인선수가 처음 시작하듯이 타격 자세를 바꿔 노력한 끝에 다시 한번 전성기 못지않은 기록을 냈다는 것이다.

코치들이 "타격 폼 바꿔 실패하면 다시 만회할 시간이 없다."라고들 했지만 양 선수는 타격 폼을 바꾼 다음 타율 3할3리, 13홈런, 81타점을 기록함으로써 골든글러브를 다시 찾아왔고, 소속팀도 그 해 한국시리즈에서 우승했다.

사업 역시 정상이라는 건 없는 것 같다. 20~30년 전 전자제품 업계의 왕은 GE와 SONY였다. 그런데 세계 최고의 자리에 안주해 변화를 따라가지 못하다 보니 지금은 존재감조차 없어졌다. 휴대폰 하면 노키아가 전 세계를 휩쓸었는데, 삼성과 LG의 추격에 조금씩 조금씩 밀리더니 느닷없이 아이폰이 나오면서부터는 부도 직전까지 몰렸다. 위태롭기는 삼성도 마찬가지였다. 그러나 삼성은 발 빠르게 움직여 갤럭시를 내놓았고, 이번엔 애플이 수세에 몰리는가 하더니 다시 역전하고, 또다시 삼성이 반격에 나서고….

기업이 그런 것처럼, 사람의 인생도 비슷해서 계속 변화에 적응해야만 도태되지 않는다. 정상에 올랐다고 나태해지면 곧바로 급전직하 절벽으로 떨어질 수 있다. 또 내려갈 때에도 '등산보다 하산이 더 어렵다'는 말이 있듯이 그 다음을 대비해야만 한다. 사업이든 스포츠든 인생이든 돈 벌고 정상에 오르게 되면 그 다음을 생각하고 잘해야만 진정한 승리자가 되는 것이다.

나는 정상 근처에도 못 가 봤고 어쩌면 영영 다다르지 못하고 말

지도 모르겠으나, 다행히도 정상에 선다면 절대 망가지지 않는 진짜 프로가 되고 싶다.

표현도 연습이 필요해

감정이 잘 통하지 않는 동물이나 식물들도 칭찬을 알아듣는다고 한다. 발효식품을 만들 때도 나와 내 가족이 먹을 거니까 소중하게 다루고 좋은 말을 계속 해 주면 발효가 잘되는데, '이런 건 왜 만들라고 해서 나를 귀찮게 하는 거야' 하고 나쁜 마음을 먹으면 발효가 제대로 되지 않고 곰팡이가 핀다고 한다. 우리 집에서 키우는 강아지 (후)포리도 전혀 때리지 않고, 예쁜 짓을 할 때마다 칭찬해 주고 간식도 주고 했더니 얼마나 말을 잘 알아듣고 똑똑한지 모른다.

언젠가 돌고래 조련사를 다룬 다큐멘터리를 본 적이 있다. 그분 이야기의 요점은 아주 간단해서, 동물들을 조련할 때는 '긍정적인 면을 강조하라'는 것이었다. 제목이 '칭찬은 고래도 춤추게 한다'였다. 나는 그분의 말에 전적으로 공감한다.

나는 아이들을 키우면서 크게 화를 낸 적이 한두 번 정도 있었던 것 같다. 하지만 야단을 쳐도 자존심 상하는 말은 전혀 하지 않는다. 자신의 행동에 대해 부모로서 관심을 가지고 있다는 사실을 알게 해 주는 정도였다.

당연히 아이들에게도 칭찬이 중요하다. 칭찬은 자신감을 키워주고, 더 많은 칭찬을 듣고자 노력하게 하며, 칭찬이 없을 때는 자신이 잘못한 줄을 알게 해 준다.

내 아버지는 살기 어려운 농촌에서 태어나 보수적인 환경에서 자랐기 때문인지 소위 '친구 같은 아빠'와는 거리가 멀었다. 게다가 내가 한창 자랄 때나 사춘기 시절에는 아버지가 요양소에 입원하고 계셔서 나 역시 아버지와 뭔가 거리감을 두었던 것 같다.

둘이서 다정다감하게 대화한 적도 없고 고민을 털어놓은 적도 없다. 오히려 야단만 엄청 맞았다. 아버지는 다정한 말씀을 하시기보다는 크게 혼내면서, "아버지니까 싫은 소리를 하는 거야! 누가 너를 바로잡아 주겠니?"라는 직구만 날리시는 거였다.

야단을 맞으면서 언제나 자존심에 상처를 주는 아버지가 싫었다. 정말 때로는 녹음기처럼 되풀이되는 독설에 '아… 이래서 가출을 하는구나'라는 깨달음(?)에 이른 적도 있다.

그럼에도 그 당시 나는 가출을 실행하지는 않았다. 다만 '나중에 크면 나는 저러지 말아야지'라는 생각을 여러 번 했다. 정말 싫었으니까.

그래서 어른이 되고 나서도 나는 가족이나 남한테 싫은 소리를 하지 않으려고 애썼다. 지옥이나 다름없는 의대생 시절에도 그 다짐을 지키려고 노력했다.

의대 생활은 정말 얼음장 같은 분위기의 연속이었다. 나이와 상관없이 연차에 따라 서열이 엄격하고, 심한 야단은 말할 것도 없고 욕설과 폭력까지 난무했다. 인턴 시절에는 그런 상황이 너무 싫고 힘들어서 '남재현! 이게 뭐냐? 사람답게 살아야지' 하며 자문자답한 결과 '이렇게까지 해야 된다면 나 의사 안할란다!'라는 결론을 내리고는 군 입대를 했다. 정말이지 의사는 하지 않겠다는 각오에서였다. 나중에 수포로 돌아가긴 했지만, 군에서 시간이 나면 고시 공부를 하자고 시간 계획까지 세워 두었다.

후포리 집 앞마당

엄격하고 신경질적인 교수님은 얼굴을 쳐다보기도 부담스러웠다. 생명을 다루는 직업이니까 실제로 병원에서는 자상하게 가르쳐주는 사람은 아무도 없다고 해도 과언이 아니다. 어깨 너머로 보고, 책 찾아서 보고, 스스로 공부해야지 뭘 모르면 엄청나게 욕을 먹었다.

그런 의사들의 직업 세계가 너무 싫었다. 그런데 군의관을 마치고 어쩔 수 없이 다시 의사의 길로 돌아왔을 때 나는 이렇게 다짐했다. 못된 시어머니 아래서 고생한 며느리가 더 독한 시어머니가 된다는 말이 사실이 아니라는 걸 꼭 보여주자.

그래서, 나는 4년차에 8개월간 의국장(전체 전공의 대표로서 의국회의를 주재하고 규율을 잡는 사람)을 하면서도 별로 화를 낸 적이 없다. 내가 1년차 때만 해도 의국회의는 공포의 시간이었지만 내가 의국장이 되고는 공포 분위기를 조성한 적이 없다.(물론 이건 내 생각이니까 후배들 얘기도 들어 봐야겠지만)

좋은 말을 하고 사랑과 관심을 표현하는 데도 훈련이나 연습이 필요하다. 마음속으로는 아무리 칭찬을 해도 그 마음이 표현되지 않으면 상대방은 그 속마음을 알지 못한다. 그러면 오해가 생기고, 실망하거나 좌절하게 되기도 한다.

아버지가 나를 칭찬해 주신 적도 없고 나도 들을 생각조차 안했지만, 그래도 나중에는 표현이 서툴러서 그렇지 자식을 위했던 아버지의 마음은 알게 되었다. 하지만, 아마도 요즘 아이들이 그때 내 상황이라면 벌써 가출하지 않았을까 생각한다.

그런데 이상하게도 이 같은 표현 미숙증이 나에게 대물림되어 있다는 사실을 깨닫게 되었다. 다정다감한 말을 못하고 표현이 서툰 아버지의 성격이 나한테도 그대로 있는 것이었다. 그래서 '나는 그러지 말아야지' 하면서 감정 표현을 잘하려고 나름 애쓰고 있다. 단 하나 나에게 좋은 면이 있다면 남에게 싫은 소리를 하지 못하는 것이다. 병원에서든 가정에서든 굳이 싫은 소리를 하지 않아도 의사는 충분히 전달되므로….

하긴, 개원 초기에 몇 번 싫은 소리를 했더니 직원이 바로 사표를 내는 상황을 겪은 적은 있다. 요즘은 칭찬만 한다. 칭찬, 칭찬, 칭찬! 칭찬은 서로의 관계를 단단하게 묶어 주고 서로의 마음도 튼튼하게 연결해 준다. 우리 모두 칭찬하며 삽시다!

젊은이들이 잘돼야 하는데

1970~80년대에는 대학을 졸업하면 여러 곳에 합격해 어디로 가야 하나 행복한 고민을 했다. 그러나 요즘 젊은이들은 고생이 엄청나다. 취직을 위해 재수, 삼수를 해야 한다니 한숨이 절로 나온다. 이제 우리 집 딸이랑 아들도 대학에 들어갔으니 머지않아 닥쳐올 일을 생각하면 남의 일 같지가 않다. 예전에는 개천에서 용이 날 수도 있었는데, 이제는 부와 직업의 대물림 때문에 옛이야기가 되고 말았다.

딸과 아들의 앞날이 참 걱정이다. 어떻게 살아야 잘사는 건지…. 삼포, 사포 하더니 이젠 오포 세대(인간관계, 연애, 결혼, 출산, 내

집 마련)라는 말까지 나돈다. 졸업 후 취업을 한 번도 못해 본 청년층(29세 미만)이 무려 65만 명에 달한다고 한다.

또 기업에 어렵게 취직이 됐다 하더라도 20~30년 이상 근무하면서 임원까지 올라가는 건 더 힘든 일인가 보다. 친구들을 보더라도 임원이 되어 아직 직장에 다니는 경우도 있긴 하지만, 90%는 40~50대에 퇴직을 하는 것 같다.

내가 MBA도 하고 여러 대학원에서 최고위과정을 다니면서 대기업에 근무하는 사람들을 많이 만나 보았는데, 지금까지 모임에 나와 활동하는 사람은 드물다. 대기업에 근무한다 하더라도 40~50대에 조기퇴직하는 경우를 염두에 두고 대비해야 하는 게 현실이다.

동문회장을 맡게 되어 한 2년간 동창 모임을 매달 해 본 결과 출석률도 가장 좋고 열심히 하는 동창은 자영업에 종사하는 친구들이다. 또는 직장에서 일찍 퇴직해 자신의 일을 다시 하는 친구거나. 이 친구들은 자기가 주인이니까 시간도 자유롭게 쓰고 여가생활도 잘하는 것 같다. 일단 겉으로 보기엔 마음이 편안해 보였다. 그러나 세상에 쉬운 일이 어디 있겠는가. 자영업의 성공 확률도 결코 높지 않은데….

그래도 가업을 물려받거나, 열심히 준비한 아이템이 있거나, 블루 오션 분야에서 일한다면 괜찮을 것 같다. 어차피 50 나이를 넘어 인생 2막이 시작되면 최소한 80살까지 20~30년 동안은 무언가 생산적인 일을 해야 하므로, 직장인도 궁극적으로는 자영업을 염두에 두고 있어야 하지 않을까?

조기퇴직이나 자영업의 리스크를 생각하면 공무원이 참 좋아 보인다. 정년이 보장되고 나름대로 괜찮은 연금을 생각하면 인기 직업임에 틀림없다. 물론 인기가 높아지니 공무원시험의 경쟁률 또한 대단하지만… 공무원시험 준비생을 '공시족'이라고 할 정도로 올해 공무원시험을 준비 중인 청년이 전체 취업 준비생의 35%에 달한다고 한다.

공무원에 대한 선호도가 높아지니까 공무원의 갑질이 도마 위에 오르고, 세금으로 연금을 준다든지, 일부 시민들이 공무원에게 함부로 하는 등 사기가 떨어질 일도 많이 생기는 듯하다. 실제로 부정부패, 이권업체와의 유착으로 문제가 된 공무원 마피아, 너무 고압적인 갑의 횡포, 그리고 밥그릇을 보전하려는 복지부동 같은 문제는 심각한 것도 사실이지만.

그런데 이런 문제는 해결될 가능성이 있다. 권한만큼 주어지는 의무를 투명한 감사를 통해 유지하면 될 것이기 때문이다. 내부 감찰, 외부 감찰을 강화하면서 특히 감찰은 외부 인사가 담당하게 하면 된다. 나는 성악설 쪽에 무게를 두는 사람이다. 통제와 감시가 허술해지면 미국 같은 선진국에서도 폭동이 일어나 방화와 약탈이 자행되는 걸 본다. 천사도 혼자 쌀가게를 맡으면 도둑이 될 수 있다.

그러므로 엄격한 관리와 감시가 필요하다. 중앙정부 공무원만 60만 명이고, 공공기관까지 합하면 수백만 명이 되는 거대한 조직이기 때문에 철저한 감사로 관리하는 수밖에 없다. 고위공직자를 감시하는 고위공직자 비리수사처도 필요하다고 본다. 그렇게 하면 관피아라고 불리는 공무원 취업제한도 없어지지 않겠나 싶다.

사실 공무원은 우리 사회에서 상당한 엘리트 집단일 뿐만 아니라 전문지식을 가지고 있기 때문에 그런 지식을 유관 업체에서 활용하지 못하게 하는 건 인력낭비이다. 그 지식이 국가 발전을 위해 사용되도록 하고, 만약 해를 끼치는 유착이 있다면 적발해 조치하면 된다. 벼룩을 잡겠다고 초가삼간을 태우는 것은 아닌지 다시 생각해 보는 게 좋겠다.

적절한 사례인지 모르겠지만, 예전에 독일 뮌헨에서 몇 개월 머물 때의 일이다. 동네에서 차를 몰고 가는데 독일 박사님이 인적 없는 골목길을 시속 30km로 가는 거였다. 하도 답답해서 좀 빨리 달릴 수 없겠냐고 했더니 절대 안 된다는 것이었다. 알고 보니, 곳곳에 감시 카메라가 있기 때문에 속도위반을 하면 반드시 걸리게 되어 있고, 그 범칙금도 엄청 큰데다 벌점까지 받는다는 것이었다.

독일 지하철에도 표 검사하는 데가 없다. 그렇지만 승차권 없이 지하철 타는 것은 생각지도 않는다. 무작위 검사와 감시 카메라를 통해 반드시 적발되는 것은 물론, 범칙금이 엄청나고, 상습범은 기소되어 처벌까지 받는다.

나는 국민성이 높아 규범을 잘 지킨다고 생각하지 않는다. 규범을 어기면 반드시 불이익을 받는다는 경각심이 범법행위를 막는 것이다. 일벌백계로 사전 예방하는 것도 있겠으나, 무엇보다 잘못을 저지르면 100% 적발되고 마는 감사가 범법행위를 막는 것이다.

어쨌든 심각한 수준을 넘어선 청년실업 문제는 그 어떤 일보다 근본적으로 해결해야 할 최우선 국가과제가 아닐 수 없다. 일하겠다는 젊은이들이 삼수, 사수 하게 하는 사회가 무엇인들 잘하겠는가.

덧붙이고 싶은 말은, 개천에서 용이 나올 수 있는 길이 열려 있도록 공무원 임용시험, 대기업 채용시험은 꼭 필요하다는 생각이다. 스펙만 가지고 뽑으면 부와 직업이 대물림될까 걱정되는 부분이 있기 때문이다.

스트레스야, 웃자

한마디로, 건강의 가장 무서운 적은 스트레스다. 암의 경우를 봐도, 우리 몸의 면역세포가 암세포를 청소해(scavenging) 제거하는데 이런 선기능을 무기력하게 만드는 게 스트레스인 것이다. 또 스트레스는 부신피질 및 교감신경계 호르몬을 분비시킴으로써 고혈압, 당뇨, 비만 등을 유발한다.

하지만 사람이 어떻게 스트레스를 받지 않고 살 수가 있겠는가? 스트레스가 이렇듯 우리 생활과 불가분의 관계라고 한다면 스트레스를 풀 수 있는 제일 좋은 방법을 찾아 실천하는 수밖에 없겠다. 그것은 바로 운동이다.

운동을 하면 몸에서 엔돌핀이 분비되는데, 이것은 일종의 마약 성분과 같다. 엔돌핀이 나오면 기분이 좋아지고 몸의 경직을 풀어 주며 면역기능도 살아나게 된다. 암 환자가 공기 좋은 데 가서 운동하고 스트레스 안 받고 살게 되면 병이 나을 수도 있다.

이 엔돌핀 때문에 사람들이 운동중독증에 걸리기도 하는 것처럼 엔돌핀은 몸을 기분 좋게 해 준다. 지방, 특히 내장지방은 유산소운동을 할 때 그 지방을 에너지원으로 사용해 소모한다. 반대로, 심한 무산소운동은 근육을 에너지원으로 사용하기 때문에 오히려 몸을 상하게 한다. 운동이 아니라 노동이 되는 것이다.

당뇨를 앓아서 체중이 빠지게 되면 근육이 많이 줄어들게 되고, 또한 인슐린 저항성은 근육량에 많이 좌우되기 때문에 근육을 키우는 근력운동이 필요하기는 하다. 그렇지만 실제로 근력을 키우는 운동들은 무산소운동이 많기 때문에 자칫 몸에 무리를 줄 수 있다. 또한 나이가 들면 남성호르몬도 많이 감소되어 근육량이 쉽게 늘지 않는다. 따라서 근육량 증가에 초점을 두는 운동보다는 꾸준한 유산소운동을 통해 서서히 근육량을 증가시키도록 해야 한다.

실제로 적절한 당대사 및 지방 소모는 유산소운동을 할 때에 일어나고, 이때 몸에 좋은 엔돌핀도 분비되는 것으로 알려져 있다.

유산소운동은 80%, 근력 강화 무산소운동은 20% 정도로 배분해서 해야 대사질환에 이롭다. 서구의 당뇨병 환자는 80%가 전신형 비만과 관련이 있으나 한국인의 경우는 25%에 불과하다. 체중은 정상이지만 복부비만인 사람이 60%로 가장 많고, 심지어 15%는 저체중 당뇨 환자이다. 따라서 전신형 비만 환자는 체중 감량이 중요하지만 인슐린 분비가 문제가 되는 당뇨병 환자는 오히려 균형잡힌 식사와 운동을 통해서 근육을 늘리고 복부비만을 줄이는 게 중요하다.

실제로 근육이 늘고 배가 들어가면 체중이 오히려 증가하는 경우도 있다. 또한 몸무게가 많이 나가더라도 근육량이 상대적으로 많은 씨름선수 같은 경우는 체중 감량을 할 필요가 없다. 과거에는 당뇨병 환자에게 일률적으로 식사량을 줄이도록 하는 경우가 있었지만, 저체중 당뇨병 환자라면 오히려 체중을 늘리고 근육량을 개선해야 혈당 조절이 더 잘되는 것이다.

그리고 색깔채소를 많이 먹어야 좋다. 녹색, 자주색(안토시아닌), 빨간색 등은 식물이 여러 병충해와 자외선 및 산화스트레스로부터 자신을 보호하기 위해 여러 파이토 케미칼을 만들어 낸 것이다. 따라서 여기에는 여러 가지 좋은 항산화물질이 들어 있으며, 이

후포리 집에서

는 사람에게도 대부분 좋은 작용을 한다. 항산화제 건강식품을 챙겨 먹는 것도 좋은 방법. 우리 몸은 나이가 들면서 산 물질과 같은 노폐물의 제거 능력이 떨어지기 때문에 이를 도와줄 수 있는 영양 보조제를 추가로 보충해 주는 게 좋다.

그런데 스트레스가 가장 많이 풀리고 엔돌핀이 많이 나올 때가 언제냐 하면, 바로 웃을 때라고 한다. 억지로 웃는 것일지라도 건강에는 도움을 준다. 그러니 평소 많이 웃고 즐거운 쪽으로 생활 패턴을 바꾸면 스트레스 해소에 도움이 된다.

사는 일 자체가 모두 스트레스의 연속이므로 스트레스란 친구를 웃음으로 달래며 살면 스트레스가 병이 되지 않는다. '웃으면 복이 와요'란 말은 정말로 진리다.

나는 이상망측하게 복잡한 스토리에다 뜬금없이 이복동생이 나오고, 생모가 나오고, 막 죽고 하는 드라마는 되도록 멀리 한다. 한두 번 보다가도 안 보고 만다. 오히려 다큐멘터리나 동물의 세계, 개그 프로그램을 좋아한다. TV 보다가 스트레스 받기가 싫어서 그렇다. 그러므로 여러분도 인상 찌푸리게 하고 징징 짜는 드라마는 멀리하시기 바란다. 건강을 위하여!

그리고 주치의를 두는 게 좋다. 가까운 병 · 의원에 정기적으로 다니면서 그 원장을 주치의로 만들면 된다. 그러면 수시로 건강 상담도 받게 되고, 병을 조기 발견하는 데도 도움이 된다.

마지막으로, 충분한 수면을 취해야 한다. 잠이 보약이다. 잠이 모자라면 반드시 건강에 적신호가 들어오게 된다. 낮잠도 좋으니 충분한 수면으로 건강하고 즐거운 인생을 사시기를 바란다.

역전승이 있는 사회

군대의 핵심 병과는 보병이다. 실제 적과 마주하고 돌격하고 점령하고 진격하는 최일선 보병은 제1의 군대라고 하겠다. 또 일반 회사에서는 영업이 제1순위 부서이다. 하루종일 현장을 누비며 제품을 파는 영업맨들이 회사의 이익을 창출하기 때문에 영업부가 중요한 역할을 하는 것이다.

나도 한때 건강검진을 유치하려고 수년 간 여러 회사를 돌며 영업(?)을 했다. 대기업이나 금융권 회사는 보안이 잘 되어 있어서 잡상인 취급을 당하며 문밖에서 몇 시간씩 기다리다가 '바쁘니 다음에 오라'는 소리에 그냥 돌아선 적도 있다.

내가 실제 영업을 해 봐서 그런지 나를 찾아오는 제약회사 영업사원들에게 도움은 주지 못해도 꼭 만나는 준다. 그리고 "고생이 많아요. 열심히 하세요."라고 한마디 인사말을 건넨다.

영업사원의 기본 능력은 성실과 진실성, 그리고 부지런함이다. 시골 장터의 약장수와 같은 현란한 말솜씨는 한 번은 몰라도 두 번은 통하지 않는다. 그러므로 영업사원으로서 충실히 기본기를 다진 사람은 나중에 무슨 일을 하든 낙오하지 않는다.

내가 야구광으로 야구를 너무 좋아하는 이유 중 하나는 노력하는 사람이 성공하기 때문이다. 땀 흘린 만큼 실력이 나오는 것 같다. 여기에 더 기분 좋은 건 야구에서는 기회도 여러 번 준다는 점이다.

연습생을 하다가 주전이 될 수도 있고, 주전선수를 하다가 성적이 나빠지면 2군으로 내려가고… 아마 주전선수를 뽑는 데 가장 비리가 없고 실력대로 하는 운동 중의 하나가 야구가 아닐까….

체계적인 훈련이나 전문성이 떨어지던 시절 오로지 노력을 통해 전설이 된 야구선수가 있다. 투수 최동원 선수. 그는 불편한 몸으로 뒷바라지해 주시는 아버지를 보면서 야구 외에 다른 생각을 할 수 없었다. 특별히 안테나를 세워 일본 프로야구를 볼 수 있게 해 주신 것도 아버지였다.

최동원 선수는 100% 노력형 선수이며, 자기 관리가 엄청 철저했다. 높은 하이킥을 하는 큰 폼을 가졌음에도 불구하고 힙이 앞으로 강하게 가 주면서 등 · 어깨의 회전이 강하게 걸리는 체중이동을 하는 투구 폼은 아무나 따라 할 수 없다. 실제로 성장기의 청소년들은 그렇게 해서는 절대 안 되는 것으로 되어 있다.

커브 그립도 금기로 되어 있는데 어깨에 무리가 엄청나게 많이 가는 것으로 되어 있다. 그의 슈트(역회전볼)는 현재 지구상에서 선수 생명을 앗아갈 위험도가 높아서 없어진 그립이지만, 그는 다이내믹한 투구 폼을 가지고 구속, 구위만 좋은 게 아니라 패스트볼, 커브의 상하 낙차 조절이나 몸 쪽 슈트로 타자들을 교란하는 다양한 구속과 제구력이 매우 뛰어났다. 이는 엄청난 노력과 철두철미한 자기 관리의 결과이다.

최 선수는 경남고 2학년 때 경북고와의 경기에서 '노히트노런'이란 대기록을 세우고, 그 이튿날 선린상고와의 경기에서 8회까지 '노히트노런'을 기록해 세상을 놀라게 했다. 3학년 때, 청룡기대회 승자 결정전에서는 군산상고와의 경기에서 9이닝 동안 20개의 탈삼진을 잡고 완봉승을 거두었는데… 와~ 이때 내가 라디오를 들었는데, 함성 또 함성… 정말 엄청났었다.

연세대를 거쳐 1983년 롯데 자이언츠에 입단하여, 1984년에는 프로야구사에 길이 남을 대기록들을 세웠는데 '51경기 출전, 14완투승 포함 27승(6세이브 13패), 223탈삼진, 평균 자책 2.40'을 기록했다.(현재 경기수가 많이 늘어났는데도 20승 투수가 안 나오고, 완투 경기를 3~4개만 해도 대단한데 14개나 했다)

특히 그해 한국시리즈에서 혼자 4승(1차전 완봉승, 3차전 완투승, 5차전 완투패, 6차전 구원승, 7차전 완투승)을 따냈는데, 기록도 대단하지만 이런 혹사를 당하고서도 부상 없이 수년간 최정상급 투수로 계속 마운드에 섰다는 것이 놀랍다.

생각해 보면, 1988년 선수협 활동으로 인한 말도 안 되는 트레이드만 없었다면 40세를 넘어 오랫동안 현역으로 뛰지 않았을까 생각한다. 그만큼 노력하고 자기 관리를 잘하는 선수였으니까….

야구의 묘미 가운데 하나가 역전이다. 1970년대 당시엔 고교야구 팬이 많았는데, 자기 고향의 고등학교나 모교에 애착을 가져서이기도 했지만 어려운 경제여건을 역전시키고 싶은데 실제는 그렇지를 못해 고교야구에서 대리만족을 느끼고 싶어서였는지도 모르겠다. 또 그때의 고교야구에는 역전이 많았다. 글러브 벗을 때까지 진짜 승부를 예측할 수 없었다.

기억에 남는 최고의 역전 드라마는 1972년 제26회 황금사자기

대회 결승전이었다. 군산상고와 부산고의 결승.

9회까지 스코어는 4-1로 부산고의 리드. 하지만 운명의 9회말, 군산상고는 믿기지 않는 대추격전을 펼친 끝에 5-4 역전승을 거두며 고교야구 최고의 명승부를 연출했다. 군산상고에 '역전의 명수'란 전설적인 닉네임이 붙은 것도 바로 이때였다.

당시 부산고 투수가 너무 잘 던지고 있어서 3점차 승부는 도저히 뒤집힐 가능성이 없어 보였다. 9회말, 군산상고의 선두타자가 우측 안타를 치고 나갔지만, 다음 타자가 플라이 아웃. 이어서 두 명의 타자가 볼넷으로 나가 1사 만루가 됐다. 톱타자 김일권이 몸에 맞는 볼, 2번 양기탁이 풀카운트의 접전 끝에 2타점짜리 중전안타, 3번 김준환은 2스트라이크 노볼에서 극적인 끝내기 안타를 쳐냈다.

요즘 프로야구야 매일같이 네 게임씩 하니까 9회말 역전이 적지 않게 나오지만 당시에는 몇 개 되지 않는 고교야구 대회에서, 그것도 결승전에서 나온 역전승이라 참으로 감동적이었다.

우리가 살아가다 보면 쉽게 점수를 내는 것처럼 순풍에 돛을 달고 나아갈(easy going) 때가 있지만, 한순간에 슬럼프에 빠지고 패배하고 그리고 다시 재기하고… 이런 일들이 수차 반복되는 것이 우리 인생이란 생각이다.

그래서 사회에서는 '꺼진 불도 다시 보자'라는 말까지 있다. 어느 상사가 임원 인사에서 한번 누락했다고 '저분 인생은 끝'이라며 거들떠보지 않다가 그 사람이 다시 재기해 대표이사가 되니 '아차!' 하고 무릎을 치는 경우가 종종 있으니 그런 말도 나오는 것이다. '한 번 꺼졌다고 영원히 꺼진 건 아닐 수도 있다.'

인생도 끝나기 전까지는 야구처럼 승리에 대해 어느 누구도 예단할 수 없다. 심지어 9회말 2아웃 2스트라이크 3볼에서도 결과는 예측 못한다.

아무리 젊은 시절 잘나갔다고 해도 우리의 인생 9회말은 모르는 것이고, 인생 전반기가 안 좋아도 다시 역전할 수 있다.

그러므로 중·고교, 대학, 사회, 그리고 50이 넘어서도 재기할 수 있고 역전할 수 있는 사회 여건이 만들어져야 한다. 열심히 땀 흘리고 노력하면 역전이 가능한 공정한 사회, 원칙과 룰이 살아 있는 페어(fair)한 사회가 되어야 한다. 그래서 우리 사회에도 그 옛날 군산상고처럼 역전의 명수들이 엄청 나올 수 있다면 얼마나 멋질까….

조기유학

한때 조기유학 붐이 일었다. 물론 지금도 아이들 조기유학에 열을 올리는 부모가 적지 않다.

요즘 딸하고 아들이랑 얘기하다 보면 심심찮게 듣는 얘기가 친구들이 조기유학을 간다는 것이다. 내 주변에도 아이랑 아내를 외국에 보내고 혼자 생활하는 아빠들이 많은 걸 보면 '기러기 아빠'라는 말은 아직도 박물관으로 사라지지 않은 것 같다.

외고나 자사고를 나온 자녀가 미국 아이비리그 대학으로 진학했다는 몇몇 지인들의 자랑을 들으면 왠지 내 자신이 주눅이 들기도 하고, 유학 못 간 우리 애들이 시대에 뒤떨어지는 건 아닌지 걱정이 되기도 한다. 심지어 우리 애들은 단 한 달도 외국에 가 본 적이 없으니 말이다. 나 역시 외국에서 공부해 본 적이 없어 막연한 동경심도 있고, 또 그 실상을 모르니까 갑갑하기도 하다. 부모로서 뭔가 잘못 생각하고 있는 건 아닌가….

내가 자라던 1960~70년대에는 미국이나 캐나다는 꿈 자체였다. 경제적으로나 사회적으로 그리고 문화적으로 미국은 신천지와도 같은 가나안 땅이라고 여겼다. 실제로 똑똑하고 미래가 보장되는 사람들은 한국 생활을 정리하고 미국이나 캐나다로 이민을 떠나는 경우가 많았다. 한국에서의 미래가 불확실한 사람들에게는 이민이 인생 최대의 희망사항이었다.

그러던 것이 1980~90년대에 접어들면서 우리나라와 미국 간 경제적 격차가 좁혀지자 아메리칸 드림도 다소 시들해진 듯하다. 이민자들의 삶이 한국의 중상류층보다 나을 게 없어 보이기도 했다.

1990년대 말, 학회차 미국에 간 길에 유학 중인 친구 집에를 갔더니 7~8명이 나를 만나러 왔다. 미국 의료보험료가 워낙 비싸고 전문의에게 진료받기가 힘들어 이것저것 물어보려고 나를 찾아온 것이었다. 대부분 자영업에 종사해 쉴새없이 일하며 사는 분들이었다. 이분들의 아메리칸 드림은 실제 본인들의 행복은 꿈도 꾸지 못하고(오히려 한국에서보다도 더 힘들면 힘들었지 쉬워 보이지는 않았다) 아들 세대나 손주 세대의 아이들에게 기대를 많이 하고 있는 것으로 보였다.

미국 사회에서 간혹 아시아계가 고위직이나 정계에 진출했다는 뉴스가 나오기는 하지만, 역시 미국의 주요 기업, 언론, 정관계, 학계 인물들은 앵글로색슨이나 유대인, 유럽계 이민자들이 차지하고 있다. 물론 인종차별이 많이 없어져서 흑인 대통령도 나오고 히스패닉계 지도자도 곧 나올 것으로 기대되기는 하지만, 여전히 주류는 그들이다.

미국 사회에는 거의 선발시험이 없다시피 하고 경력이나 면접, 추천서에 의해 등용이 되고 승진도 한다. 주요 보직으로 갈 때도 역시 시험을 쳐서 가는 게 아니다. 만약 시험을 봐서 된다면야 당연히 한국 사람들이 엄청 잘할 것이지만…. 또, 그 이상의 주요 자리는 선거를 통해서 되고, 아니면 정치적으로 임명이 되는 게 미국 사회다. 그러니 소수인 우리나라 교포들은 지도층에 진입하기가 하늘의 별 따기다.

내 아이들은 지금 대학 2학년 그리고 1학년이다. 부모조차 속칭 외국 물을 전혀 먹어 보지 못한 사람들이니 어떻게 이끌어 주어야 할지 막연하고, 아이들이 앞으로 어떻게 살지 조금은 걱정스럽기도 하다. 다만, 외국 물은 못 먹였어도 품안에 품고 살아서인지 성격이나 부모와의 관계는 참 좋다. 너무나 다행이다. 공부를 아주 잘하지는 못했지만 친구관계도 좋고 매사를 긍정적으로 보는 점도 대견할 뿐이다.

내가 어릴 때 부모님 밑에서 크질 못해서 그런지 아이들을 야단 한번 크게 치지를 못했다. 어린 나이에 상처라도 받는 건 아닌지 지레 걱정이 되었기 때문이다. 내 경우, 아버지가 워낙 불같은 성격이셔서 마음의 상처를 받은 적이 있었다. '그렇게 심하게 말 안 해도 알아들을 수 있는데… 너무 심하다'라는 생각을 몇 번이나 하곤 했다.

자식이 무슨 애완동물은 아니지만 커가는 모습이 좋고, 여행도 같이 하고, 시시콜콜한 고민도 들어 주고, 맛있는 것도 같이 먹고 하는 게 재미있다. 어느 드라마에서 어린 나이에 조기유학을 하고 돌아온 20대가 부모님이 잔소리를 하니까 한다는 말이, "엄마 아빠는 내가 미국에서 배 아파 힘들 때 내 옆에 있지도 않았으면서 왜 그렇게 요구하는 게 많아?" 하고 짜증스럽게 대꾸하는 거였다. 한 선배도 아들딸을 조기유학 시켰는데 요즘 와서 아이들이 "우리를 좀 더 예뻐했으면 미국에 와서 같이 살아야 하는 거 아니야?"라고 말해 충격을 받았다고 한다. 역시 아이들은 품안에 있어야 자식인 게 맞다.

이렇게 힘들게 살면서 외국에 보냈으니 정말로 큰 인물이 되어주면 좋은데 미국에서 대학 졸업하고 현지에서 취직하기가 쉽지를 않다. 게다가 한국에서도 네트워크가 부족해 사회생활이 원만치 못하게 되면… 너무 리스크가 큰 건 아닌지? 돈은 돈대로 들어가고…. 영어는 어차피 네이티브(native)가 아니라면 한국에서 미드보며 얼마든지 고급영어까지 배울 수 있는데 말이다.

미국의 학부 과정은 절대로 깊이 있는 공부 내지는 연구를 하는 곳이 아니다. 진짜 공부는 학부를 졸업한 후 대학원 과정에서 전문화된다. 알다시피 법학, 의학, 건축학, 경영학 등은 모두 학부 졸업 이후에 입학이 가능하고, 석 · 박사 과정으로 연구하고 논문 쓰는 것도 역시 학부 졸업 후에 한다.

문제는 학부에서의 학점이 엄청 중요하다는 것이다. 일례로 좋은 메디컬스쿨(medical school)이나 로스쿨(law school)에 가려면 기본 '올 A_0' 이상은 되어야 한다. 하지만 한국에서 아무리 잘한다는 외고나 특목고 출신들도 미국 학부에서의 학점은 그리 좋지가 못하다.

물론 일부는 우수한 성적으로 졸업하기도 하지만, 쉽지 않은 게 작문(writing)이다. 이 부분에서는 미국 대학생들을 따라갈 수가 없다. 어릴 때부터 영어로 일기도 쓰고 리포트도 쓰고 수많은 소설과 신문잡지를 읽으며 쌓인 지식들이 있어야 하는데 가당치도 않은 것이다. 전공과목이야 그런 대로 될지 몰라도 교양과목에서는 좋은 학점을 받을 수가 없다. 특히 아이비리그 같은 명문대에는 전국에서 똑똑한 학생들이 엄청 공부하고 나름대로 특기를 살려서 들어오기 때문에 경쟁이 될 수가 없다고 봐야 한다. 그리고 미국 학부에서 무엇을 배울 것인가? 영어? 그것 하나를 얻기 위해 너무 많은 것을 버리는 것은 아닐까?

만약에 미국에서 박사학위를 받고 앞서가는 연구소에서 전공을 하고 싶다면 한국에서 대학을 마치고 석사학위까지 딴 후에(충분히 기초지식을 든든히 한 후에) 석박사 과정으로 들어가는 게 좋을 것 같다는 생각이다.

네이티브 영어 발음은 전문가들의 학회에서는 그리 중요하지 않다. 의사소통만 가능하다면 어학보다는 논문의 수준이 중요하다. 발표하는 논문이 좋기만 하면 수천 명이 모인 학회장에서 기립박수를 받을 수 있다.

미국은 특히나 우수한 인재가 자신의 나라에서 좋은 연구 결과를 내는 것을 좋아한다. 학부는 연구하는 곳이 아니므로 외국 유학생에게 주는 장학금도 거의 없다. 하지만 석박사 과정에서는 연구비도 나오고 장학금도 꽤 있다.

아직도 만연해 있는 조기유학 열기, 미국 대학이 우리 아이들에게 더 이상 신천지만은 아니므로 지금은 냉철하게 판단을 내려야 할 때인 것 같다. 그런데 나 역시 주위 얘기를 들으면 흔들릴 때가 있으니… 이건 보통 문제가 아니다.

생활의 달인

'의사 말고 다른 직업을 가졌어도 좋았을 텐데….' 청년 시절, 의사란 직업에 대해 몇 차례 회의를 느꼈던 때처럼 불쑥 이런 생각이 들 때가 있다.

어렸을 적 장래 희망을 물으면 친구들 대부분이 의사나 변호사를 선호했다. 대학생 때에도 변호사는 귀했다. 사법시험 합격자가 한 해 100~300명 사이였다. 의사도 개업과 동시에 큰돈을 벌어 생활이 윤택해지기 때문에 오히려 의대에서 교수를 해 달라고 부탁하던 시절도 있었다.(지금은 대학교수 경쟁률이 매우 높다)

그런데 아직도 의사나 변호사를 하겠다는 학생들이 많이 몰리고 있다. 현실적으로는 변호사 과잉이라 취업문이 좁아져 간다는 기사도 나오고, 해마다 3,000명씩 배출되는 의사들이 내국인 진료에 묶여 있는 데다가 의료수가도 낮아 호시절은 지나갔다는 푸념들이 쏟아지고 있는 실정이다. 섣부르게 개업했다가 신용불량자로 추락하고 마는 의사도 여럿 생기고 있다.

예전처럼 '사' 자가 붙은 소수 전문가 시대도 아니고, 전문 자격증만 있으면 사회적 지위와 소득 두 가지를 다 누리던 시대도 저물어 가고 있는 듯하다. 의사도 그저 전문가 집단의 '여러 명 중 하나(one of them)'일 뿐이다.

그러나 새롭게 부상하는 전문가가 있다. 세계적으로 IT산업이 발전하다 보니 훌륭한 소프트웨어 프로그래머나 기획자가 글로벌 회사의 CEO로서 부와 명예를 거머쥐고 있다. 애플, 페이스북, 구글, 아마존 등에다 알리바바까지…. 우리나라에도 네이버, 카카오톡, V3 백신회사 등이 있다.

또 대세로 떠오른 '먹방'을 보면 요리사도 잘나가는 전문가 중의 하나다. 우리 국민이 본래 손재주가 좋고, 우리 음식은 양념류가 잘 개발되어 있어서 머지않아 세계적인 요리사가 나오고, 또 우리 음식의 세계화도 속도를 내게 될 것이다.

독일 뮌헨에서 몇 달간 묵을 때였다. 내가 묵던 독일 의사 선생님 댁에 딸이 둘이었는데, 딸들이 공부를 열심히 하지 않는다고 하면서도 그리 걱정을 하지 않는 눈치였다. 능력이 모자라 공부를 못하는 것이 아니라 그저 공부가 아이들 적성에 맞지 않아 그러는 것으로 이해하는 것 같았다. 그 교수가 그렇게 판단하는 이면에는 독일의 잘 갖추어진 직업교육 시스템이 있다.

독일의 체계적인 '이중교육 시스템'은 한국의 인문계 고교에 해당하는 김나지움 진학생을 제외한 과반수의 학생들(대개 15~19세)이 바로 기업에 취직한 뒤 직업학교에 다니게 하고 있다. 우리의 중등교육 과정을 마친 뒤 직업학교와 직장에서 이중으로 교육을 받는데, 주 3~4일은 사내 직업훈련으로 현장실습을 하고, 주 1~2일은 직업학교에서 이론 수업을 받는 방식으로 공부한다. 이렇게 교육받은 학생들은 기업에 들어가면 곧바로 생산라인에 투입될 수 있고, 나중에 마이스터로 성장해 기능인력의 중추가 된다.

직업학교 출신은 맥주공장 공장장이든 레스토랑 사장이든 본인 스스로 프라이드가 대단하고, 일반인들도 그들의 능력을 인정해 준다. 이것이 기술과 기능을 중시하는 독일 특유의 문화를 만들어 세계적인 강소기업 탄생의 배경이 되었다.

절반 이상의 학생들이 교사의 조언과 본인의 의지에 따라 인문계 고교 대신 직업학교를 선택하기 때문에 독일의 대학 진학률은 42% 선에 불과하지만 세계 최고의 기술강국이 될 수 있었던 것이다.

우리나라도 독일의 마이스터(장인)와 같이 '장인'을 양성하고 우대하는 사회 분위기를 만들어야 한다. 다양한 직종에서 그 분야의 최고 전문가들이 많이 나올 수 있도록 시스템을 만들고, 그들을 장인으로서 인정해 주어야 한다.

이제는 고소득과 안정성을 보장하는 직업이 따로 있지는 않다. 어느 분야건 무한경쟁 시대이므로 자신의 분야에서 전문가(장인)가 되는 것이 가장 확실한 성공의 길이다.

SBS TV의 '생활의 달인'은 10년 넘게 사랑받으며 장수한 프로그램이다. 여기에 출연하는 '생활의 달인'들은 자기 분야에서 부단한 노력과 열정, 창의력을 가지고 기십 년 이상씩 일해 온 분들이다. 지식과 기술 위주의 전문가가 아니라 단순한 노동기술자도 생산성을 높이며 긍지를 가지고 생활할 수 있다는 인식 변화를 가져온 분들이다.

다양한 기능과 재능을 가진 젊은이들이 자신이 좋아해 선택한 직업에서 업적을 쌓고 '달인'이 될 수 있는 사회적 여건이 필요하다. 고시가 만드는 '사' 자 전문가들보다 '달인'이 대접받는 사회가 선진국이다.

좋은 날은 온다

잘나가는 의사라고 하면 부족할 것 없이 잘살고, 별 걱정거리도 없는 사람으로 본다. 본래 똑똑한 내력을 타고나 대대로 공부도 잘하고, 이름을 대면 알 만한 사람 몇 명쯤 있는 집안으로 보는 게 인지상정이다.

하지만 나는 그렇지 못하다. 이미 텔레비전으로 봐서 다 알다시피 순천의 내 집안이나 후포리 처갓집이나 아주 평범하다. 대학 근처에도 못 가본 선친께서 호롱불 밑에서 독학하여 행정고시에 붙은 걸 보면 영민한 내력은 있는지 몰라도 집안은 자랑할 게 없다.

또 나는 대학병원을 나와 개원한 지 15년인데도 아직도 병원 차

후포항 일출

사람은 무엇으로 사는가? 그것은 꿈이다. 꿈을 꾸고 꿈을 이루려고 노력하는 과정이 인생이다.

리면서 진 빚을 갚고 산다. 일주일 내내 열심히 일하고 주말에 가까운 사람들하고 소주 한잔 마시는 게 즐거움이다.

그래서인지 사람들은 '후포리 남서방' 하면 이웃집 사위나 옆집 아저씨 같은 친근감을 느끼나 보다. 또 방송국에서 출연 제의가 끊이질 않는 걸 보면 나에 대한 인기를 실감하게 된다.

얼마 전에는 내 아들이 장애2급이란 사실을 얘기했더니 이제는 나를 측은하게 생각해 주는 분들까지 있다. 그러나 그럴 것까지는 없다. 나는 이제까지 크게 걱정하며 살지 않았다.

채 돌이 되기 전 소파에서 떨어져 약간의 뇌출혈로 한쪽에 마비가 왔으나 난 크게 걱정하지 않았다. 또 왜 아이 하나 제대로 못 보았느냐고 아내를 나무라지도 않았다. 그런 것까지도 엄마가 감당해야 하는 몫은 아니잖은가. 다만, 누구의 주의력으로도 막을 수 없는 불행이 우리 가족에게 있었을 뿐이다.

우리는 아들에게 장애가 생긴 것을 알고 나서부터 아이의 치료나 재활을 위해 있는 힘껏 애썼다. 진학할 때마다 선생님께 아들의 장애에 대하여 말씀드리고 잘 보살펴달라는 부탁을 빼놓지 않았다.

이제 걷는 능력을 회복하였고, 왼쪽 팔만 자유롭게 쓰지 못한다. 그러더니 올해는 대학에 진학해 우리 식구 모두를 기쁘게 했다. 나나 아내나 간판에 연연하지 않는 체질이라 자신이 가고 싶은 대학에 입학했다는 사실이 너무 기뻤다. 그러면 되었지 무얼 더 욕심내나….

학창 시절, 참고서 한 권 살 수 없던 형편이라서 친구의 참고서를 빌려 일일이 베껴 필사본을 만들어 공부하고, 남들 부러워하는 치대에 다니다 민주화운동에 빠져 결국 제명까지 당해 앞길이 캄캄할 때에도 나는 절망하기보다는 좀더 나은 날이 올 거라는 막연한 기대를 갖고 살았다.

운동권에 들어가 밤낮없이 뛰어다닌 그 시절도 내겐 의미있는 시간이었고, 제명당해 불투명했던 나의 앞날도 내 인생의 또 다른 기회가 될 수 있다고…. 나는 늘 긍정적으로 생각하고 어려운 여건 가운데서도 행복을 생각하며 살았고, 또 지금도 그렇다.

자신의 장애를 감추지 않고 필요한 것은 도움을 청하는 아들이 대견하다. 나를 닮아 긍정적인 삶의 태도를 가지고 있으니 고마울 뿐이다. 역시 좋은 날은 자기 스스로 만드는 것인가 보다.

네 번째 이야기

괜찮아요, 좋아요

젊은 날로 돌아간다면

다시 젊은 날로 돌아간다면 꼭 하고 싶은 일들이 있다. 눈 깜짝할 사이에 세월이 지나고 보니 하지 못한 일들이 더욱 절실하고 아쉬워 그런 마음이 드는 것일 게다.

핑계 같지만 1982년 첫발을 내딛은 대학 캠퍼스에서 우리를 맞아 준 것은 전투경찰들이었다. 잔디밭에 앉아 이야기하고 토론하고 낭만이 있을 줄 알았던 캠퍼스에서 우리는 울분과 무기력, 허무를 느꼈다. 게다가 신입생을 정원을 초과해 뽑아놓고는 일정 기준에 미달하면 제명하는 졸업정원제라는 제도를 만들어 신입생들이 시위에 가담하지 못하게 막고 있었다.

나는 이념서클에 들어가 2학년 1학기를 마치고 제명될 때까지 꽤 많은 사회과학 서적과 금서들을 읽고 토론하는 한편 시국 시위에도 참여했다. 첫 번째 대학에서 제명당하고, 1984년 다시 입학한 대학에서도 본과 2학년 때까지 이념서클에서 활동했다.

대학 입학 후 6년간을 수많은 고뇌와 분노 속에서 보냈다. 중년의 나이가 되어 되돌아봐도 역시 그 시절은 참으로 힘들었다. 하지만 그 힘든 시간 속에서 실로 많은 것들을 배우고 느꼈다. 의사 생활과 관련이 없는 6년간이었다고 생각할 수도 있지만, 어차피 의사도 사회의 구성원이고 사회생활을 피할 수 있는 존재는 없기 때문에 다시 그때로 돌아간다 해도 같은 행동을 하지 않을까 하는 생각이 든다. 다만 당시에 나를 서너 번씩 쫓아내며 엄청 마음고생을 하셨던 부모님께 다시 같은 고통을 안겨드려야 한다면, 그게 너무 죄송스러울 따름이다.

아무튼 상상이니까, 하진 못했지만 꼭 하고 싶었던 일들을 꼽아본다. 더도 말고 덜도 말고 세 가지만 꼭 해 보고 싶다.

첫 번째는 여행이다. 국내외 곳곳, 특히 선진국으로 여행을 많이 가보고 싶다. 당시에는 여권과 비자 절차가 까다로워 일반인들도 해외여행이 어려웠다. 그러니 대학생이 해외로 배낭여행을 떠난다는 건 상상조차 할 수 없는 일이었다.

나도 해외에 나갈 기회가 전혀 없다가, 1990년 의사 국가고시가 끝나고 2~3주 정도 시간이 났을 때 처음 해외여행을 하게 되었다. 아버지가 시애틀에 유학하고 있는 형한테 가서 며칠 구경하고 도쿄로 오면 시내 구경을 시켜 주겠다고 하셔서 난생 처음으로 비행기를 탔던 것이다.

젊은이들과 말할 기회가 있다면 바로 지금 젊을 때 여행을 많이 하라고 권하고 싶다. 우물 안 개구리라고, 나는 하늘을 동그랗게만 여기다가 더 넓고 다른 세상을 보니까 많은 걸 느끼고 생각하게 되었다. 특히 현재는 글로벌 시대라서 국가 간의 경계가 모호해지고, 더욱이 젊은이들은 세계를 무대로 뛰어야 하는 세대이므로 외국을 미리 체험해 두는 것이 꼭 필요하다. 어르신들이 다니는 휴양지 말고 그 나라의 실제 생활이 전개되고 있는 현장들을 찾아다니는 게 더 좋겠다.

두 번째는 다양한 독서를 하고 싶다. 나는 이념서클에서 꽤 많은 종류의 사회과학 서적을 보았다. 《해방전후사의 인식》부터 시작해서 《전환시대의 논리》, 《한국의 자본주의 경제 체제》, 《제3세계론》뿐만 아니라 헤겔의 《변증법》, 마르크스의 《자본론》, 칼 포퍼의 《열린 사회》 등등. 이 외에도 《프랑스 혁명사》, 《러시아 혁명사》…. 책도 무척 많이 사 모은 탓에, 내가 학교에서 제명이 되었을 때 부모님이 그 책들을 태워 버리는 데에도 오랜 시간이 걸릴 정도였다.(그 시절은 그런 책을 가지고만 있어도 붙잡혀 가던 때였다)

근래 들어 인문학에 대한 열기가 높은데, 그것은 참으로 필요하고도 바람직한 현상이 아닌가 싶다. 학생 시절, 시간이 허락된다면 다양한 분야의 책들을 많이 섭렵해 보기를 권한다! 학생 때 읽었던 책 속의 지식들은 훗날 사회생활을 하는 데 많은 아이디어와 지혜를 주곤 한다. 교양, 인문, 역사, 사회과학 등 자신의 전공을 뛰어넘는 폭넓은 독서, 지금 생각해도 꼭 해 보고 싶은 일이다.

마지막으로는, 요즈음 가장 아쉽게 여기는 어학 문제다. 다시 대학생으로 돌아간다면 외국어 공부 정말 열심히 하고 싶다.

의사 생활을 하면서 영어로 논문을 쓰고 영어로 발표해야 할 때가 많았는데, 그럴 때마다 자신감이 없어 고생을 많이 했다.

듣기와 말하기는 어릴 때 하는 게 효과적이기 때문에 당연히 어려서부터 영어를 접하는 게 좋다.(미국에 가지 않아도 얼마든지 잘할 수 있다) 옛날 중고등학교 시절에는 듣기 · 말하기 시험은 없고 문법과 독해 위주였기 때문에 아직도 나는 회화가 잘 안 된다. (다

행스럽게도 요즘 아이들은 듣기를 곧잘 하는 것 같다)

그런데 영어는 시간이 많이 걸린다. 특히 단어가 엄청 많다. 내 경우, 한문이 많은 우리말 의학 서적보다 영어로 된 의학 서적을 더 빨리 읽는다. 그런데 신문이나 '미드'를 보면 잘 안 된다. 그게 어휘가 부족하기 때문이다. 모르는 단어가 나오니까 막히는 것이다.

사회생활이 시작되면 공부할 수 있는 시간이 절대적으로 부족하다. 따라서 젊은 시절에 꼭 해야 한다.

유럽도 각기 자기 나라의 언어가 있다. 독일, 프랑스는 물론이고 덴마크, 핀란드, 스웨덴 등등. 그런데 독일에 가서 보니까 독일 의사들도 영어로 말하는 걸 엄청 부담스러워한다. 왜냐하면 의학 서적부터 모든 게 독일어로 되어 있으니까.

프랑스에 가면 사람들이 프랑스어로만 말한다는 게, 국어에 대한 자부심이 있어서라기보다는 영어를 잘 못하니까 프랑스어로 말하는 것이다. 어원이 비슷하다고 해서 영어를 잘하는 것도 아니다. 우리가 어순이 비슷한 일본어라 해서 금방 쉽게 배울 수는 없듯이 이들 유럽 국가들에서도 어릴 때부터 영어 교육을 많이 받지 않으면 마찬가지로 쉽지 않다.

유럽 사람들이 영어를 공부하는 방법 가운데 하나가 TV 시청이다. 어차피 할리우드 영화나 미국 드라마들이 많이 방송되니까 좋은 방법인 것 같다. 그런데 우리는 더빙을 하기 때문에 영어 공부에 별 도움이 되지 않는다. 과거에는 문맹률이 높아서 그랬겠지만, 영어를 자막으로 보여주고(선택할 수 있게) 다중 언어로 더빙 없이 대사가 나오도록 하면 영어 교육에 큰 도움을 줄 수 있을 것 같다.

영어 외에 G2로 떠오른 중국어도 공부해 놓으면 좋을 것이다. 한국어는 당연히 필수(외국에서 자란 경우), 여기에 영어와 중국어로 의사소통이 가능할 정도가 된다면 무슨 일을 하든(직장이든 사업이든) 두려울 게 없지 않을까. 외국어란 내가 꿈꾸는 세계로 가는 수단이고, 성공의 길이다.

목련꽃 사랑

내가 좋아하는 꽃은 목련꽃이다. 새하얀 목련꽃이 너무도 화사하고 탐스러워 정말 좋아한다. 밤중에 집으로 들어가다가 밤공기가 아직 차가운데 하얀 촛불처럼 핀 목련꽃을 보게 되면 내 마음속에도 하얀 촛불이 켜진 것처럼 기분이 밝아 온다. 그 촛불 속에는 아련한 추억이 들어 있고, 화사하고 행복했던 시간들이 들어 있다. 하얀 모시 한복을 입은 누님을 닮은 꽃이 목련꽃이다.

그런데 목련꽃은 서둘러 꽃을 피우고선 너무나도 빨리 져 버려 늘 안타까운 마음으로 봄날을 보낸다. 저렇게 하얗게 맑은 꽃이 곱고 좋은데, 질 때는 왜 그리 허무하고 슬픈지 보도 위에 가득 떨어져 있는 검은 꽃잎들을 무심히 짓밟고 다닐 수가 없다.

2014년 4월, 온 국민을 비탄에 잠기게 한 세월호 참사 때 미국 오바마 대통령이 애도의 뜻으로 보내온 목련 묘목이 떠오른다. 이 나무의 이름은 '잭슨 목련'이다. 미국 7대 대통령에 당선된 앤드류 잭슨 대통령이 먼저 세상을 떠난 아내 레이첼을 기리며 백악관 뜰에 심은 나무이다. 앤드류 잭슨 대통령의 재임 기간이 1829~1837년이었으니까 수령이 190년 정도 되는 목련이다.

그동안 역대 대통령들은 이 목련을 가족 사랑과 부활의 의미가 담긴 소중한 나무로 여겼다고 한다. 백악관 목련에 그런 사연이 있는 줄은 몰랐으나, 나는 울창한 목련나무 아래서 막 피어난 꽃을 바라보고 있노라면 올망졸망한 어린 남매들이 어깨를 기대고 있는 것 같다는 생각이 들었다. 더욱이 하얀 꽃 뒤로 파란 하늘이 펼쳐져 있는 광경을 접하면 금방이라도 눈시울이 젖을 것 같은 아련한 감정에 빠지곤 했다.

잭슨 대통령도 목련나무 아래서 그런 감정을 느꼈던 것일까…? 지금 이 '잭슨 목련'은 안산시 단원고 교정에 심어져 있다.

후포리 집 풍경

나는 꽃보다 열매가 좋다. 겸손하게 꽃을 피웠다가 큰 열매를 맺는 나무들이 좋다.

목련은 말 그대로 '나무에 핀 연꽃'이다. 무성한 가지 위로 흰 연꽃이 피었다 지고 무성한 이파리가 그늘을 이루었다가 가을이 될 즈음이면 닭의 볏 모양을 한 열매가 보랏빛으로 익어 마치 솔방울을 길게 늘인 모양이 된다.

보라색 목련 열매가 길 위에 떨어져 있으면 기분이 묘하다. 몸집이 큰 자루가 뚝뚝 떨어져 있는 것을 보면 마치 인고의 결정 같기도 하고, 어느 누군가의 슬픔이 응집된 덩어리 같다는 기분도 든다.

그러나 나는 꽃보다는 열매가 좋다. 겸손하게 꽃을 피웠다가 큰 열매를 맺는 나무들을 좋아한다. 꽃은 아주 작아도 긴 여름을 보내고 탐스러운 열매를 주렁주렁 맺는 사과나 배나무도 좋다.

사실 꽃은 열매를 맺기 위해 핀다는 사실을 직시해야 하는 것처럼, 인생도 잘나갈 때 겸손해야 하고, 더욱이 좋은 열매를 맺기 위해 노력해야 한다.

오만과 독선에 빠져 사람이 변하면 '화무십일홍' '권불십년'이란 말처럼 오래가지 못하는 것이 세상의 이치다. 자만에 빠져 남의 말이나 쓴소리를 귀담아 듣지 않고, 자신의 생각과 판단이 늘 옳다는 성공함정에 빠져 살다보면 결국 자신도 모르는 사이에 추락하고 만다. 내 주위에도, 그리고 신문을 보아도 그런 사람들이 심심치 않게 있다. 그러므로 주위에서 "저 사람 변했네!" 하는 말이 나오는 순간 그 사람의 인생은 내리막길이라고 보면 십중팔구 맞다.

잘나갈 때 잘하고, 갑일 때 을을 생각하고 도우며 살자. 갑의 조직에 몸담고 있다고 해서 자신이 갑이라는 착각을 하지 말고 겸손하라. 꽃도 백 날을 못 가는데 그 자리에서 언제까지 갑일 것인가? 화려한 꽃이 되려 하지 않고 좋은 열매를 맺는 인생을 살기 위해 애쓰는 사람이 행복한 사람이다.

갑과 을이 나오니 또 흥분을 한다. 나도 당해 본 사람이고, 우리 사회의 갑과 을의 병폐가 너무 중증이기 때문에 나도 모르게 흥분한다. 따뜻하게 친절하게 서로 배려하고 선한 마음을 주고받으며 사는 사회가 되었으면 좋겠다. 운전하고 가다가 길 위에 차 세워 놓은 채 고함치고 욕하는 사람들 없고, 땀 흘리지 않고 반칙으로 먹고 사는 사람들 없는 사회 말이다.

뭐… 우리 병원에 오셨던 분들은 아시겠지만 나는 무조건 웃으며 산다. 웃음소리가 안 나면 눈웃음이라도 치며 산다. 나를 좋아하는 분들께 우리 가곡 '목련화'를 들려 드린다.(조영식 작사, 김동진 작곡, 1974년 작) 찬찬히 읽으며 봄날의 목련꽃을 떠올려 보시기를….

오 내 사랑 목련화야 그대 내 사랑 목련화야
희고 순결한 그대 모습 봄에 온 가인과 같고
추운 겨울 헤치고 온 봄 길잡이 목련화는
새 시대의 선구자요 배달의 얼이로다
오 내 사랑 목련화야 그대 내 사랑 목련화야
오 내 사랑 목련화야 그대 내 사랑 목련화야
그대처럼 순결하게 그대처럼 강인하게
오늘도 내일도 영원히 나 아름답게 살아가리
오 내 사랑 목련화야 그대 내 사랑 목련화야
오늘도 내일도 영원히 나 아름답게 살아가리라

오 내 사랑 목련화야 그대 내 사랑 목련화야
내일을 바라보면서 하늘 보고 웃음 짓고
함께 피고 함께 지니 인생의 귀감이로다
그대 맑고 향긋한 향기 온누리 적시네
오 내 사랑 목련화야 그대 내 사랑 목련화야
오 내 사랑 목련화야 그대 내 사랑 목련화야
그대처럼 우아하게 그대처럼 향기롭게
오늘도 내일도 영원히 나 값있게 살아가리

오 내 사랑 목련화야 그대 내 사랑 목련화야

오늘도 내일도 영원히 나 값있게 살아가리라

유에서 유

우리나라에서는 왜 노벨상(과학 분야) 수상자가 나오지 않는가? 이에 대한 해석이 참으로 분분하다. 창조적인 교육의 부재, 토론 없는 교육, 영재교육의 부족 등등….

한데 내 생각은 좀 다르다. 지금까지 배출된 과학 분야 노벨상 수상자 400여 명이 모두 타고난 천재는 아니었다. 나라별로 보면(국적과 연구소에 따라 정확하지는 않으나) 미국(245), 독일(85), 영국(84), 프랑스(31), 스위스(20), 오스트리아와 네덜란드(각 16), 일본(15), 캐나다(14), 러시아(13) 등이고, 유럽과 미국에 치중되어 있음을 알 수 있다. 주로 과학을 중시하는 기술 선진국들이다.

가만히 들여다보면, 국적은 다양해도 대개의 경우 미국에서 연구한 학자들이 많다. 실제로 웬만한 미국 대학교마다 노벨상 수상 교수가 수십 명씩이다. 예를 들어 신흥 서부지역 명문인 UC버클리의 경우 연고가 있는 노벨상 수상자가 2012년 기준으로 70명, 동부지역 명문인 MIT의 교수나 졸업생 가운데 노벨상 수상자는 73명이며, 하버드대는 151명의 노벨상 수상자들이 학생이나 교수로 하버드를 거쳐 갔고, 예일대는 52명의 노벨상 수상자들이 예일을 졸업했거나 예일에서 연구했다.

예나 지금이나 언제나 강조되고 필요하다고 여기는 것이 창조성인데, 창조성이란 결코 무에서 유가 생기는 것이 아니다.

우리나라는 전통적으로 교육열이 대단해 엄마들의 영재교육에 대한 관심도 높다. 많은 부모들이 우리 애가 영재인지 아닌지 테스트도 많이 하고, 선천적으로 우수한 소질과 재능을 타고난 아이를 위해 특수교육을 시키려 애를 쓰기도 한다.

대개 같은 연령층에서 지능이 중상위 2% 내에 속하는 부류를 영재라고 하는데, 영재들을 모아 특수한 학교나 학급을 편성하고 특별교육 프로그램을 마련하여 그 아이들이 재능을 최대한 발휘할 수 있도록 하려는 게 부모나 교육당국의 취지다. 그러나 진정한 의미의 영재교육은 아이의 활동을 이해해 주고, 아이가 원하는 지식과 문화적인 소양 등에 대해 공감하고 공부할 수 있도록 해 주는 것이 중요하다고 생각한다.

소위 영재라는 사람들의 과학적 업적은 역시 노력의 산물이다. 위대한 논문이나 연구 결과는 그동안 축적된 지식 속에서 나오는 것이지 무에서 유가 뚝 떨어져 나오는 게 아니다. 꾸준한 공부와 연구 끝에 새로운 창조가 나오는 것이며, 이는 천재성보다는 지속적인 노력의 결과물인 경우가 더 많다.

에디슨이나 아인슈타인은 특별한 사람들인가? 물론 그들은 천재이기도 하지만, 그보다는 그들이 연구할 수 있게 해 주고, 그 결과를 인정하고, 또 그에 대한 보상이 있었기에 그들의 위대한 업적이 탄생한 것이다. 이는 오늘날의 MS, 구글, 애플, 페이스북이 나올 수 있는 토양 혹은 환경과 같은 것이다. 익히 아는 것처럼 에디슨이나 빌 게이츠, 잡스가 영재교육을 통해서 성장한 사람들은 아니잖은가?

에디슨의 그 유명한 "천재란 99%가 땀이며, 나머지 1%가 영감이다."라는 말은 그의 일생을 관통한 모토였는데 "나는 발명을 계속

하기 위한 돈을 얻기 위해 언제나 발명을 한다."는 말과 더불어 연구와 창조를 향한 그의 끈질긴 발명가 정신과 노력을 대변해 주고 있다.

그럼 일본은 창의적이어서 노벨상 수상자가 많은가? 일본의 노벨상 수상자는 19명(2013년 말 기준)으로 물리학상 7명, 화학상 7명, 생리의학상 2명, 문학상 2명, 평화상 1명이다. 참고로, 중국의 노벨상 수상자는 총 7명. 노벨상 수상자를 가장 많이 배출한 나라는 미국으로 총 330명이다.(국적 기준이 아니라 미국에서 연구해 받은 경우까지. 실제 미국에서 공부하고 연구비를 받고, 연구 시설을 이용한 것이므로)

흔히 우리나라가 노벨상을 타지 못하는 이유로 공식처럼 되어 있는 게 '우리나라는 초중고 때 주입식 교육을 하기 때문이다'라는 논리이다. 그렇다면 일본은 그야말로 거의 60년 동안 변하지 않고 입시 위주의 주입식 교육으로 일관하고 있는데 어째서 노벨상 수상자가 나오고 있는가?

물론 어릴 때의 영재교육도 중요하겠지만, 실제 영재교육을 받은 사람은 얼마 되지 않는다. 영재교육이 문제가 아니라, 좀 독특한 생각과 특이한 행동을 받아들이는 사회의 분위기가 중요하다고 본다.

그리고 창조적이고 독창적인 것은 기존의 결과물에서, 축적된 지식 속에서, 훌륭한 선생님의 경험 그리고 개인의 끈질긴 연구 열정과 노력에서 나온다는 사실을 잊지 않았으면 좋겠다.

몇몇 노벨상 수상자를 살펴보자.

토머스 에디슨(1847~1931)은 미국 오하이오 주의 밀란에서 일곱 남매 중 막내로 태어났다. 어린 시절부터 상상력이 매우 풍부하고 기발한 호기심이 있어서 달걀을 품어 병아리를 만들려고 했다든가, 사람이 하늘을 날 수 있도록 하는 알약을 만들어 친구에게 먹였으나 그 친구가 하늘을 날기는커녕 며칠 동안 배가 아파 고생했다는 이야기 등이 전한다.

학교교육에는 흥미가 없어서 수업 시간이 되면 공상을 하고 노트에다 이상한 기계나 그리곤 했으니 성적은 당연히 밑바닥이고, 말썽꾸러기 혹은 문제아로 낙인이 찍혀 5년간 초등학교를 다니다가 열두 살에 학교를 그만두고 만다. 현대식으로 분석해 보면 ADHD(attention deficient hyperactivity disorder, 주의력 결핍과 과잉행동장애) 아동이 아니었나 싶다.

이처럼 정규교육을 제대로 받지 못한 에디슨을 포용해 주고 이해해 준 가정교육이 매우 중요한 역할을 했던 것 같다. 초등학교를 중퇴한 에디슨은 집안이 가난하여 12세 나이에 철도 급사로 일했는데, 화물차 안에서 실험하다가 화재를 일으켰고 차장에게 얻어맞아 청각장애를 얻게 되었다. 그는 평생 동안 미국에서 1,093개의 특허를 받고, 외국에서 1,239개의 특허를 받았으며, 백열등, 축음기, 영화 등 20세기 과학기술문명의 시대를 활짝 여는 역할을 해냈다.

알베르트 아인슈타인(1879~1955)은 그의 위대한 업적에 비하면 매우 평범한 인물처럼 보인다. 1879년 독일 울름의 유대인 집안에서 출생했는데, 에디슨처럼 판에 박힌 학습과 교육방식을 싫어하고 무례한 행동이 잦았다고 한다.

수학과 물리학에 취미를 가졌지만 라틴어, 지리, 역사 과목에서는 낙제를 받았고, 취리히 연방공과대학에 지원했다가 낙방하고 재수하여 물리학과에 입학했다. 대학에서는 이론물리학자들의 저서를 탐독하며 혼자 공부하기를 즐겼다. 1901년 대학을 졸업하고 교사가 되고자 하였지만 자리를 얻지 못해 베른 특허국 직원으로 5년간 근무하였는데, 이때에도 항상 물리학을 연구했다. 1905년 특수상대성이론을 발표하였고, 1916년 일반상대성이론을 발표하여 미국의 원자폭탄 연구인 맨해튼계획의 시초를 이루었으며, 노벨 물리학상(1921)을 받았다.

닐스 보어(1885~1962)는 아인슈타인과 어깨를 나란히 할 만큼 원자과학에 크게 공헌한 인물로, 1922년 노벨 물리학상을 수상했다. 러더퍼드 교수의 총애로 1912년 영국 맨체스터 대학으로 간 보어는 그의 밑에서 원자핵 모델을 제시했는데, "직위와 상관없이 격의 없이 토론할 수 있는 실험실 분위기가 나의 잠재력을 발휘하게 했다. 이런 민주적이고 화합적인 단체에서 성과가 나오는 건 너무나 당연하다."라는 말을 남겼다.

개인적인 노력으로 공부하는 것도 중요하지만, 학습자 간의 토론과 사상의 교류 역시 대단히 중요하다. 좋은 스승과 앞선 연구소에서 훌륭한 연구 업적이 나온다는 사실을 증명하는 사례다.

리처드 로버츠(1943~)는 1970년대 말 유전자 측정을 시작해 분단유전자를 발견한 공로로 1993년 노벨 생리의학상을 수상했다. 영국 더비에서 태어나 셰필드대학에서 유기화학 박사학위를 받은 후 미국 하버드대학에서 포스트박사 과정을 거쳤다. 1972년 콜드스프링스하버 연구소에서 일했고, 1977년 감기바이러스

(adenovirus)를 이용하여 DNA 속의 유전자가 몇 개의 단편으로 되어 있는 분단유전자임을 발견하였다.

내가 보기에 이분은 천재가 아닐 수도 있다. 그렇지만 연구를 선도하는 미국에서 공부한 후 지속적으로 연구하며 좋은 논문을 발표하게 되었을 것이다. 왜냐하면 분자유전학 쪽은, 나의 얕은 지식에 의하면, 지속적인 실험을 통해 가설을 검증하는 게 중요하기 때문에 그런 연구 분위기가 그에게 노벨상을 안겨 주는 배경이 되었을 것이다.

이렇게 몇몇 수상자만 보더라도, 역시 노벨상을 수상하는 데는 창의성도 필요하지만 그보다는 기존의 지식을 공부하고 거기서 한 발짝 더 나아가는 과정이 있어야 함을 알 수 있다. 무에서 유를 만드는 게 아니라 기존의 결과물에서 한 단계씩 더 발전시켜 나가는 것이다.

사과가 떨어지는 걸 보고 연구했다는 뉴턴의 이야기에 빠져 천재적이고 창의적인 교육이 필요하다는 논리만 펴는 것은 진짜 만화 같은 애기일 뿐이다. 기존의 논문과 연구 결과들에 대한 철저한 공부가 선행된 후에 조금 더 발전된 가설을 내고, 그것을 끊임없는 실험과 시행착오를 거쳐 증명해 내면 그게 바로 창의적인 논문이 되는 것이고, 그것이 주요한 업적으로 인정이 되면 노벨상도 받게 되는 것이다.

그러므로 과학 분야 노벨상 수상자가 나오려면, 역시 훌륭하고 부지런한 선생님이 계시고, 지속적으로 연구할 수 있는 연구비가 있고, 또한 좋은 연구시설이 있어야 한다. 그런 면에서 아직까지는 미국 유수의 대학과 연구소가 역시 노벨상 수상자를 낼 가능성이 많다.

한국인 노벨상 수상자도 곧 많이 나올 것이다. 좋은 논문을 내고 있는 분들이 많이 있다. 하지만 훌륭한 연구소의 좋은 환경과 지속적인 연구비 지원이 뒷받침되지 않으면 안 된다.

지도자의 리더십

어떤 나라든 조직이든 훌륭한 지도자를 만나는 것은 큰 행운이다. 역사적으로 보면, 약소국에서 강대국으로 되는 데 20~30년이면 충분한 것 같다.

일본은 메이지 유신 후 30년이 채 안 되어 러시아, 중국을 제치고 동아시아 최강국이 되었다. 중국도 등소평이란 지도자를 만나 1980년대를 전후하여 보잘것없던 경제가 30년 만에 GDP 규모로 미국 다음 가는 G2 반열에 올랐고, 곧 미국을 추월한다고 한다. 반대로, 과거 우리보다 잘살았던 필리핀은 지도자를 잘못 만나 오히려 최빈국으로 추락해 버렸다.

과거 중국을 '중공'이라고 부르던 때가 있었다. 중국공산당을 줄여 부른 중공에 대해서는 북한과 더불어 공산국가로 적대시했는데 지금은 아무도 중국을 중공이라고 부르지 않는다. 오히려 자본주의 국가보다 더 사업하기 좋은 나라라는 말들을 한다. 21세기 경제 강국으로 부상하고 있는 지금의 중국을 이끈 지도자는 중국 공산당의 아버지 마오쩌둥(모택동)이 아니라 덩샤오핑(등소평)인데, 마오쩌둥이 사회주의 지도자로서 인민의 나라를 만들었다면, 덩샤오핑은 인민의 나라를 부자 나라로 만든 지도자이다.

1997년, 향년 93세의 나이로 중국의 빛나는 별이 된 덩샤오핑. 중국 쓰촨성 출신인 그는 열여섯 살(1918년)에 프랑스로 유학을 떠나 그가 평생 신념으로 삼은 칼 마르크스를 접하고, 1921~24년에는 파리에서 공산주의 운동에 참여했다. 이후 모스크바의 중산대학에서 공부하다 귀국해 1927년부터는 공산당 지하운동에 참여했다.

1933년부터는 마오쩌둥과 함께 대장정에 참여해 공산당의 팔로군에서 정치위원을 지냈고, 1949년 장강 도하작전과 난징 점령을 지휘하여 중화인민공화국(중국) 수립에 공을 세웠으며, 1955년 정치국 위원이 되어 마오쩌둥의 총애를 받으면서 급성장하였다.

마오쩌둥의 죽음으로 막을 내린 문화대혁명 이후 중국이 혼란에 빠졌을 때 그의 리더십이 발휘된다. 중국을 10년간이나 고립시키는 결과를 낳은 문화대혁명은 대약진운동 실패 후 정권 유지에 불안감을 느낀 마오쩌둥이 부인인 강청을 필두로 하는 사인방과 홍위병을 앞세워 정적을 무자비하게 제거한 극좌 운동이었다. 당시 참신한 정치 개혁세력으로 떠오른 덩샤오핑은 하루아침에 모든 권력을 잃고 유배지에서 연금 상태로 지내야 했지만, 묵묵히 때를 기다렸다.

문화대혁명이 끝나고 정치에 복귀한 그는 시장경제를 도입하기 위해 1978년 5월경 주요 인재들을 서유럽 5개국에 시찰을 보내 자본주의 경제를 연구하게 했다. 그리고 과감한 경제특구 개발, 계획적인 시장경제의 성공적인 운영 등을 통해 중국은 비약적으로 발전하기 시작했다.

또한 마오쩌둥의 과오를 되풀이하지 않고 권력에서 물러나 젊은 지도자를 양성하기 위해 원로 간부들을 일선에서 물러나게 하고 새로운 후계자를 뽑아 키우는 노력을 기울였다. 그리고는 1989년 11월 9일 덩샤오핑 자신도 은퇴했다.

1980년 중국의 GDP는 2,024억 달러였던 데 반해 일본의 GDP는 1조 869억 달러로 중국의 5배를 넘었다. 미국 다음으로 2위였다. 그리고 10년 후인 1990년에 중국은 3,902억 달러, 일본은 3조 1,000억 달러로 그 차이가 더 크게 벌어졌다. 하지만 그 20년 뒤인 2010년에 중국은 5조 9,500억 달러, 일본은 5조 5,500억 달러로 중국이 역전에 성공한다. 지난해에는 중국이 CIA 추정치로 8조 9,393억 달러, 일본은 5조 72억 달러로 차이가 크게 벌어졌다.

훌륭한 지도자가 한 나라를 살리듯이 훌륭한 CEO가 100만 명, 200만 명을 먹여 살린다. 빌 게이츠(마이크로소프트), 저커버그(페이스북), 잡스(애플) 같은 사람들이 그런 인재들이다. 인재는 이렇게 국가의 지도자나 기업의 리더로서 국가나 기업을 실질적으로 경영해 나가는 중요한 역할을 한다. 실제로 국가 지도자나 CEO로 얼마나 훌륭한 인재가 발탁되느냐에 따라 그 국가나 기업의 미래도 엄청나게 달라진다.

삼성그룹 이병철 회장의 인재에 대한 애착은 유별났던 것으로 알려져 있다. '인재제일(人材第一)'은 삼성이 가장 우선시하는 경영 원칙이며, "내 인생에서 80%는 사람에 신경을 썼다."고 말할 정도였다고 한다.

실제로도 1957년 국내에서 최초로 사원을 공개 채용하면서 학연 · 지연과 같은 소위 '연줄'을 없애고 철저하게 능력 위주로 사람

장인 장모님과 같이

나에겐 후포리가 정말 제2의 고향이다.

을 뽑았는데, 신입사원 면접에는 반드시 참석했다고 한다. 이처럼 '능력 위주'의 공정한 평가와 그 능력에 상응하는 최고의 대우, 개개인의 적성에 따른 '적재적소' 배치와 능력에 따른 권한 부여 등 삼성그룹의 인사원칙은 창업주 때부터 시작된 것이다.

이 원칙은 이건희 회장 재임 시 오히려 더욱 강화되었다. 이건희 회장은 '신경영'을 선언하면서 '사람의 질, 경영의 질, 제품의 질' 가운데 '사람의 질'에 대한 혁신이 가장 중요하다고 강조하였다. 이 회장은 또 "앞으로 우수한 사람 한 명이 천 명, 만 명을 먹여 살린다. 그런데 그 우수한 사람이 한 명만 있으면 소용이 없다. 그 우수한 사람이 분야별로 확보되어 있어야 한다."는 탁월한 인재관을 피력하기도 했다.

한나라의 유방 역시 본인의 능력보다는 장자방, 한신 · 소하 같은 유능한 가신이 있었기에 중국을 통일할 수 있었다. 중국 역사상 가장 싸움을 잘하는 사람으로는 항우를 꼽는데, 하지만 항우는 자신을 먼저 찾아온 한신을 알아보지 못했고, 이후에도 많은 인재들이 자신의 곁을 떠나가게 만들었다.

유비도 한나라 왕실의 후예라고는 하나 그저 몰락한 시골 사람에 지나지 않았지만 관우, 장비, 조자룡 그리고 제갈공명, 방통까지

가신으로 끌어들이면서 《삼국지》의 주인공으로 등장하게 됐다는 사실은 모두가 알고 있는 이야기이다.

역시 국가든 기업이든 최고지도자가 모든 걸 할 수는 없으며, 주위의 참모(가신)들이 업무 분담을 하고 경영하지 않으면 안 된다. 성공한 왕이나 대통령이 될 수 있을지 없을지의 여부는 그 주위에 얼마만한 훌륭한 가신이 있는지를 살펴보면 판가름이 난다. 무엇보다 지도자는 인재를 알아보는 탁견을 가지고 있어야 하고, 우수한 인재와 함께 일을 하기 위해서는 인재를 만났을 때 '삼고초려' 이상의 노력을 해서라도 붙잡아야 한다.

서편제

겉으로는 재주가 많고 못하는 게 없을 것 같아 보이지만 실제의 나는 그렇지가 못하다. 새로운 것에 호기심이 많기는 하지만 실제로는 별 취미가 없는 사람이다. 다만, 딱 한 가지, 영화는 무척이나 좋아한다.

영화 취미는 중고등학생 시절로 거슬러 올라간다. 시험기간 중이라 할지라도 TV에서 하는 '주말의 명화'는 꼭 본다든가, 보고 싶은 영화가 있으면 직접 극장에 가서 보는 영화 마니아였다.

예전에는 '미성년자 관람불가'라고 해서 소위 '19금' 영화가 많았다. 별 내용도 아닌데 남녀간 성애 표현 수준이 어떻고, 폭력 장면이 어떻고, 내용이 퇴폐적이라거나 미풍양속을 해친다 하여 고교생 이하는 못 보게 했다. 그리고 인근 학교 선생님들이 단속팀을 짜 극장을 돌며 '불심검문'에 나서 학생들을 적발했다. 여기에 걸리면 그 명단이 학교로 통보되어 징계를 받았다.

그러나 시험기간 중에는 거의 단속이 없어서 보고 싶은 영화를 마음껏 볼 수 있었다. 또 일단 나처럼 영화광 수준 정도가 되면 단속에 걸리지도 않는다. 어쩌다 한번 온 애들이 꼭 단속에 걸려 영화도 다 못 보고 끌려나가 이름도 모르는 선생님한테 뒤통수를 얻어맞곤 했다.

그 시절 나는 주로 외화를 보았다. 1970년대에는 내 또래가 볼 만한 국내 영화가 별로 없었다. 요즘에는 할리우드 영화 못지않게 좋은 국내 영화가 많지만 1980~90년대까지만 해도 제작비의 한계 때문인지 외화를 따라가지 못했다. 우리 영화의 설 자리가 너무 좁아지자 영화인들이 영화산업을 살려야 한다며 스크린 쿼터제라는 국산영화 의무상영제에 사활을 걸고 시위를 하던 때도 있었다.

그러던 중 국내 영화에 대한 선입견을 단박에 깨버린 영화가 나왔는데, 그 영화가 바로 '서편제'였다. '서편제'는 어마어마한 돈을 들인 할리우드 블록버스터 영화가 아니더라도 충분히 경쟁력을 가질 수 있다는 인식을 심어 준 영화였다. 아마 우리 영화를 이 영화 이전과 이후로 나누어도 될 만큼 '서편제'는 중요한 분수령이 되었다.

그때는 요즘처럼 멀티플렉스 영화관에서 동시다발로 상영하는 게 아니라 개봉관 한 곳에서만 막을 올리고 그 이후 재개봉관을 돌며 상영하는 방식이었다. 한국영화의 거장 임권택 감독이 이청준의 원작소설을 바탕으로 만든 이 영화는 1993년에 사상 최다 관객을 동원하는 신기록을 세웠다. 지금은 없어진 종로3가 단성사에서 개봉된 '서편제'는 196일간 113만이라는 어마어마한 구름 관객을 동원했다.

20년도 더 지난 영화이므로 어슴푸레한 기억을 되살려 보기 위해 잠깐 줄거리를 보자.(아, 왜 '서편제'를 얘기하는가 하면, 한국인의 정서인 '한'에 대해 말하고 싶어서니까 그 점을 염두에 두고 읽어 주시길)

1960년대 초 전라남도 보성 소릿재. 동호(김규철 분)는 주막 주인의 판소리를 들으며 회상에 잠기는데…, 여기저기 잔칫집에 가서 소리를 하며 먹고사는 소리꾼 유봉(김명곤 분)은 어느 마을 대갓집에 갔다가 그곳에서 동호의 엄마 금산댁(신새길 분)을 만나 자신이 데리고 다니는 양딸 송화(오정해 분)와 함께 새로운 생활을 시작한다.

금산댁이 아기를 낳다가 아기와 함께 세상을 뜨고, 유봉은 오누이처럼 지내는 동호와 송화를 데리고 소리 품을 팔러 다닌다. 유봉은 틈틈이 송화에게는 소리를, 동호에게는 북을 가르쳐 두 사람을 소리꾼과 고수로 기른다. 하지만 소리꾼을 불러 주는 사람도 줄고 사람들의 냉대와 멸시, 가난이 싫어 동호는 집을 뛰쳐나간다.

유봉은 송화에게 밤낮으로 소리를 가르치지만 소리의 고비를 뛰어넘지 못하자 불같이 화를 낸다.

"이년아! 가슴을 칼로 저미는 한(恨)이 사무쳐야 서편 소리가 나오는 벱이여…!"

'서편제'를 관통하는 한의 정서를 한마디로 표현한 유봉의 이 유명한 대사. 결국 유봉은 송화에게 한을 심어 주기 위해 약을 먹여 송화의 눈을 멀게 한다.

유봉은 서서히 시력을 잃어 가는 송화를 정성을 다해 돌보면서 소리를 가르치지만 또 한편으로는 죄책감 때문에 괴로워하다가 숨을 거둔다.

시간이 흘러…, 동화는 그리움과 죄책감으로 송화를 찾아다니다가 허름한 시골 주막에서 송화와 마주치게 된다. 그렇지만 앞을 전혀 못 보는 송화… 북채를 잡은 동호가 송화에게 소리를 청하고, 송화는 북소리를 들으며 그가 동호라는 사실을 알아챈다.

후포 바닷가 풍경

하지만 이튿날 새벽, 흰 눈이 쌓인 길을 따라 송화는 어린 딸이 이끄는 끈을 잡고서 정처없이 길을 떠난다.

나는 이 영화에서 한국인의 정서 세 가지를 느꼈다. 첫째, 마을 사람들이 장단에 맞춰 하나가 되어 어울리는 '신명', 둘째, 깊은 슬픔을 가지고 있지만 좌절하지는 않는 송화의 '한', 셋째, 장님이 되어서 떠돌이 생활을 하지만 어린 딸의 손을 잡고 햇살이 비추기 시작하는 새벽에 떠나는 모습에서 보이는 '미래에 대한 희망'이 그것이다.

'한'은 한계를 넘지 못하는 마음의 속병일 수도 있지만, 다른 한편으로는 온갖 어려움을 이겨내는 인고의 정신을 담고 있다. 특히 '한'은 여성에게서 더 두드러지게 나타난다. 시대적으로 여성의 한계상황이 오랫동안 지속되면서 더 그랬을 것이다.

영화 '서편제'는 희망으로 귀결하는 한의 시작과 끝을 판소리를 소재로 잘 풀어냈다는 점에서 명화 중의 명화로 손꼽고 싶다.

피를 토하듯 부르는 '서편제' 소리를 가슴에 담으며, 우리 여성의 슬픈 역사와 한에 대해서는 다음에 나오는 '한이란?'이라는 글에서 더 깊이 이야기해 보고 싶다.

한이란?

한국인의 한, 특히 여인들의 한을 생각해 보면 우리의 슬픈 역사와 관계가 있지 않나 싶다. 예를 들어, 현대에 욕설로 쓰이는 '환향녀(화냥년)'란 단어는 슬픈 역사의 한 단면을 보여준다.

동서고금을 막론하고 전쟁 시 남성들은 목숨을 위협받지만, 여성들은 성적 피해까지 감수해야 했다. 2차대전 때 일본이 태평양전쟁을 일으키면서 우리 여성들을 '종군위안부'라는 이름의 일본군을 위한 성노예로 삼아 희생을 강요한 사실은 오늘날에도 문제가 되고 있는 대표적인 사례다. 그리고 역사를 거슬러 올라가 고려시대에 원

나라로 보낸 공녀나 조선시대의 환향녀도 역시 우리의 슬픈 역사가 낳은 희생물이다.

'화냥년'은 본래 병자호란(1636년 인조 14) 직후에 청나라로 끌려가 정절을 잃고 다시 고향으로 돌아온 여성을 지칭하던 '환향녀(還鄕女)'에서 유래한 말이다. 현대에는 정조 없이 행실이 나쁜 여자를 가리키는 비속어로 바뀌었지만, 적국에게 유린당하고 다시 고국의 가족과 주위 사람들로부터 이중의 피해를 당했던 역사적 아픔이 서려 있는 단어다.

또 환향녀와 더불어 청나라에 포로나 노비로 끌려간 남자를 가리키는 '호노'가 나중에 '호로자식'이란 욕설로 변질된 것을 보면, 이 같은 피해를 입은 백성들의 아픔은 가늠조차 하기 어려울 정도이다.

인조가 남한산성 아래 삼전도에서 절하며 머리를 땅바닥에 찧어 청에 굴복한 직후 포로로 끌려간 조선 백성은 60만 명에 이르는 것으로 추정된다. 그 가운데 50만이 여성이다. 당시 조선의 인구가 대략 600~700만 명이라고 본다면 전 인구의 10%에 가까운 사람들이 볼모로 끌려간 셈이다.(10만 명이라는 설도 있다) 그중에는 인질로 간 소현세자, 봉림대군 그리고 척화파였던 김상헌과 3학사도 있지만, 대개는 일반 백성들이었고 그중 대다수는 여성들이었다.

조선 포로들은 추운 겨울에 석 달을 걸었다. 1월 30일 한양(서울)을 출발해서 4월 17일에 심양에 도착했다. 그러니 도중에 얼어 죽고 굶어 죽은 이가 얼마가 많았겠는가….

그런데 이들이 귀국하자 엄청난 사회 문제가 되었다. 보수적인 성리학 원리주의에 사로잡힌 조선 사회에서는 환향녀들이 오랑캐에 의해 더럽혀진 몸이라 해서 받아들이질 않았다. 이렇게 사회 문제가 되자 인조는 청나라에서 돌아오는 여성들에게 "홍제원의 냇물(오늘날의 연신내)에서 목욕하고 서울로 들어오면 그 죄를 묻지 않겠다."라는 선언까지 해야 했다. 하지만 이들에 대한 핍박은 여기서 그치지 않았다. 특히 환향녀의 남편들은 왕명 탓에 이혼을 하지는 못했으나 갖은 핑계를 대서 그녀들을 몰아냈고, 처녀들의 경우에는 스스로 자결케 하거나 가문을 더럽혔다는 이유로 쫓아내는 등 수많은 여성들이 죽을 때까지 수모를 받았다.

참으로 한숨보다 욕이 먼저 나오는 우리 역사의 참담한 한 페이지다. 나라의 지도자들이 무능하고 부패하여 나라를 지키지 못함으로써 그 백성들이 오랑캐 땅에 끌려가 고생하게 된 것인데, 정작 그

책임을 누가 지고 누가 피해를 입었는가. 더욱이 겨우 살아 돌아온 여성들을 다시 사회적으로 정착할 수 없도록 핍박까지 하다니… 이유야 어찌되었든 힘없는 여인들의 한이 얼마나 깊었겠는가?

한국 여성들의 한은 가난과 희생, 여성에 대한 사회적 제약, 그리고 아픈 역사의 상처들로 인해 오랫동안 한국인의 마음속 깊이 각인된 흔적이자 혼과 같은 것이라고 생각한다.

물론 한의 정서에는 인내와 달관, 도약과 같은 에너지가 함께 존재하기도 해서 긍정적으로 작용하면 놀라운 기적을 이룩하는 경우도 있다. 개인적으로 나는 여성뿐 아니라 한국인 모두의 내면에 있는 '한'의 정서가 긍정의 힘으로 살아나기를 바라는 마음 간절하다.

간혹 나는 영화를 보면서 부질없는 생각을 떠올리곤 하는데, '한' 때문에 그런지 우리 영화(드라마도 마찬가지)에서는 해피 엔딩보다 새드 엔딩이 너무 많은 것 아닌가 하는 생각이 든다.

몇 해 전, 오랜 만에 '미드'에 버금가는 우리나라 액션 첩보 드라마 '아이리스'를 흥미있게 본 기억이 있다.

천재적인 기억력과 과감한 판단력으로 NSS(국가안전국)의 비밀 임무들을 한 치의 오차도 없이 처리하는 대테러팀 정예요원 현준

(이병헌 분). 그는 자신의 상관인 승희(김태희 분)와 운명적인 사랑에 빠지게 된다. NSS 국장 백산의 명령에 따라 암살 임무를 수행하지만 버림받게 되고 수차례 죽을 고비까지 넘기는데, 친구 사우(정준호 분)의 배신으로 위기에 몰린 두 사람은 탈출 도중 사고로 인해 서로 상대가 죽었다고 믿게 된다.

백산과 국가에 대한 원망, 그리고 승희의 죽음을 계기로 북한과 손을 잡게 된 현준은 정체를 알 수 없는 비밀집단 '아이리스'로 인해 음모와 배신에 휘말리게 되고, 조국을 위해 거대한 세력과 맞서는 마지막 임무까지를 무사히 완수하게 된다.

여기까지는 너무 흥미진진했다. 이후 당연히 죽을 고비를 넘기고 다시 사랑했던 연인 승희를 만나 함께 휴가를 보내게 되는데, 뜬금없이 자신을 기다리는 승희를 눈앞에 두고 의문의 저격을 당해 차량 안에서 숨지고 만다.

이렇게 잘 만들어진 드라마의 결말이 너무도 황당해서 화가 날 지경이었다. 당연히 죽음을 넘어 다시 만난 연인들이 부디 행복하기를 기대했는데 죽어 버리다니…!

'지붕 뚫고 하이킥'이라는 인기 TV 시트콤이 있었다. 가정부로 들어온 신세경과 의사 주인공인 지훈이의 알콩달콩한 사랑의 결말을 기대하고 있었는데, 역시나 뜬금없이 외국으로 출국하는 길에 자동

후포 앞바다

나는 늘 긍정적이다. 어려울 때도 행복한 생각을 하며 살았고, 또 지금도 그렇다.

차 사고로 둘이 죽는 것이었다.

수년 전 관객 수에서 신기록을 세운 '괴물'이라는 영화를 보았다. 괴물이 주인공인 강두의 딸을 납치해 가자 가족들이 똘똘 뭉쳐 우여곡절 끝에 괴물을 퇴치한다는 이야기였다. 그런데, 아마도 할리우드 영화였다면 당연히 딸이 괴물로부터 살아서 돌아오는 행복한 결말이었을 텐데, 이 영화에서는 죽고 만다.

할리우드 영화에서는 정녕 죽어야 되는 상황일지라도 주인공이 멋지게 사선을 넘어 극적으로 살아난다. 그래서 끝이 뻔하게 예측되는 결말이라는 단점이 있긴 하지만, 영화를 보고 나올 때엔 홀가분하다.

해피 엔딩의 할리우드 영화가 다 좋다는 건 아니지만, 이제는 우리 영화도 어려운 현실을 극적으로 헤치고 나온 주인공이 대단원에서 죽거나 이별하는 것으로 끝나지 말고 해피 엔딩이 되었으면 좋겠다.

영화를 좋아하다 보니 내 취향만 너무 강조한 듯싶은데, 많은 분들이 내 생각에 공감하리라 믿는다. 왜냐? 우리네 현실도 굽이굽이 팍팍한데 영화까지 팍팍할 이유는 없기 때문이다.

사람은 왜 비만해질까?

나는 내과를 전공했는데 내과전문의를 딴 후 2년을 더 공부해서 내과 중에서도 내분비내과 분과전문의를 했다. 내분비내과는 우리 몸에 분비되는 호르몬과 관련된 질환을 다루는데, 제일 많은 질환은 인슐린 분비와 관련된 당뇨병이고, 그 다음으로 갑상선, 여성호르몬과 관련된 골다공증, 폐경기가 있으며, 그 외에 뇌하수체, 부신질환도 있고, 비만도 내분비내과 분과로 산하에 학회가 있다. 노화도 요즘에는 질환으로 다루고 있다.

나는 당뇨병 환자를 많이 보고 있지만 비만에도 관심이 많아 논문도 여러 편 쓰고 책도 3권이나 냈다. 비만은 생각보다 굉장히 위험한데, 다른 한편으로 비만은 우리 인류의 진화의 결과이기도 하다.

현대인에게 제일 염려되는 부분이 중풍이나 심근경색을 의미하는 동맥경화증으로 인한 심장 · 뇌혈관질환과 암인데(전체 사망원인의 70~80%) WHO의 보고에 의하면 생활습관 개선을 통해 60% 정도는 질병을 예방할 수 있다고 하고, 실제로 철저한 관리로 85%까지 예방이 가능하다.

생활습관과 관련된 병인 심장 · 뇌혈관질환, 암, 그리고 그 기저에 있는 당뇨병과 고혈압의 주요 원인은 비만이다. 비만이 증가하면서 성인병도 급격히 증가한다. 당뇨병의 예를 보면, 1960~70년대에는 전 국민의 1% 수준이었지만 현재는 30세 이상 성인 인구 중 400만 명이 당뇨병에 걸려 있다.

사실, 이렇게 나쁜 비만은 인류 생존의 결과물이다. 왜냐하면 최근 약 100년(한국은 30~40년) 전까지만 해도 비만은 거의 없었다. 언제나 먹을 것이 부족했기 때문이다. 실제로 지구는 아주 살기 힘든 곳이었고, 인간은 참으로 약한 존재였다.

현 인류와 유사한 조상인 오스트랄로피테쿠스가 300만 년 전에 진화되어 나타났다. 그렇게 구석기시대가 되었는데 당시는 먹을 것이 너무 부족했다. 사냥은 보통 힘든 일이 아니었다. 웬만한 동물보다 느리고 힘도 약한 인간이 활이나 칼도 없이 타제석기를 사용해서 동물을 잡는다는 것은 엄청 힘든 노동이었다.

채집도 겨울이 되거나 하면 힘들고, 일시적으로 먹을 것이 풍부해도 저장 방법이 없었기 때문에 굶어야 하는 날이 많았다. 많은 인류가 굶어 죽었다. 그런데 이때 먹을 것이 풍부했을 때 많이 먹고 여분의 잉여 에너지를 보다 더 많이 보존할 수 있는 개체가 선택(genetic selection)되어 살아남았는데, 그게 바로 절약유전자 내지는 비만유전자가 잘 발달된 개체였다. 그렇기 때문에 인류는 유전적으로 음식을 많이 먹으면 살이 찌는 것이다. 먹어서 찌지 않으면 살아남을 수가 없었으므로.

신석기시대가 1만 년 전에 시작되어 마제석기를 사용하고, 사람들이 모여서 마을을 이루고 경작과 사육을 하면서 먹을 것의 상황이 조금씩 나아지기는 했지만 역시 식량 저장 방법이 없어서 기아와 질병의 연속이었다. 그러다 전염병이 한번 돌면 인구의 30~40%가 죽을 정도(14세기 유럽에 돌았던 흑사병)였는데, 감염에 약하고 영양분을 효율적으로 저장하지 못하는 사람은 죽고, 비만 유전자가 잘 발달된 사람들은 살아남았다.

오늘날의 사례도 있다. 미국 애리조나 주의 인디언 자치구에 피마인디언이 살았는데, 1950년대에 미국 정부의 대규모 식량지원이 시작된 후 이들의 생활은 극적으로 변화했다. 초원에서 말을 타고 사냥하던 모습은 사라지고, 소파에서 햄버거와 콜라를 먹으며 TV를 보는 것이 일상이 되고 말았다. 그 결과, 1990년대에는 45세 이상 피마인디언의 70%가 당뇨병 환자가 되었다. 하지만 같은 종족이라도 멕시코에 사는 피마인디언은 당뇨병 발병률이 높지 않았다.

빈곤에서 벗어나 풍요로운 사회로 변화할 때 성인병이 늘어난다. 현재 우리나라 40~50대 이상 대부분의 장년층은 어린 시절에 충분한 영양을 받지 못한 경우가 많다. 당연히 성장기에도 영양상태가 좋지 못하였다. 나의 경우만 보아도 한창 자라야 할 청소년 시기에 콩나물국밥에 라면땅이나 먹고 자랐다. 이러한 영양 결핍은 결국 몸에서 잉여에너지가 들어올 때 지방으로 저장하려는 절약 형질을 갖게 만든다. 이러한 절약 형질을 획득한 사람들이 당뇨로 가게 되는 것이다.

우리나라에서는 1980년대 이후 먹을 것이 풍부해지면서, 그리고 중국과 인도는 1900~2000년대에 역시 영양 공급이 개선되면서 덩달아 당뇨병 환자가 증가하고 있다. 빈곤에서 풍요로움으로의 변화가 역설적으로 당뇨병 증가의 원인 중 하나가 되고 있는 것이다.

성인병이 있는 사람들은 거의 다 거미형 인간(팔다리는 가늘고 배가 나온 사람)이다. 이때 당뇨병이 생기게 되는데, 한국인이 앓고 있는 당뇨병의 특징을 보면 서구인에 비해 30~50%밖에 안 되는 인슐린 분비 기능이 문제다. 이는 앞에서 얘기했듯이, 급격한 성장이 이루어지는 시기에는 균형잡힌 영양, 특히 양질의 단백질 공급이 중요한데 모유나 우유가 없던 시기에 탄수화물 위주의 쌀죽 등을 먹다 보니 근·골격계의 발달지연과 더불어 췌장의 인슐린 분비 기능도 덩달아 떨어진 때문으로 보인다. 쉽게 말해, 이는 서양인이 2,000cc 배기량의 인슐린 분비 기능을 가졌음에 비해 한국인은 1,000cc 기능밖에 안 되기 때문에 경미한 복부 비만으로도 인슐린 분비가 따라가지를 못해 쉽게 당뇨병으로 이환되는 것이다.

그런데 현재 우리나라에서는 중장년층의 당뇨병 이환율이 늘어가는 한편, 서구인이나 미국 피마인디언처럼 어릴 때부터 잘 먹고 자란 서구형 비만 및 당뇨병도 10~30대에서 많이 생기고 있다. 이를 이중고(double burden)라 하는데, 후진국형 복부 비만과 선진국형 전신형 비만이 동시에 늘어나면, 특별한 대책이 없는 한 현재의 급격한 당뇨병 이환율이 2030년까지는 지속적으로 늘어날 것으로 보고 있다.

비만 탈출, 생각을 바꾸자

우리나라 사람에게 권장하는 영양소 비율은 탄수화물 60%, 지방 25%, 단백질 15%인데, 기본적으로 나이 드신 분들은 탄수화물을 많이 섭취하고 있다. 특히 후포리 장모님 같은 분들의 경우를 봐도 탄수화물 섭취 비중이 높아 문제다. 나이 드신 분들은 고기를 먹고 탄수화물 섭취를 줄여야 한다.

후포리 장모님은 불과 얼마 전까지만 해도 밥을 2층으로 해서 젓갈, 김치, 게장, 양푼에 고추장 비빔밥 등으로 식사하셨는데, 이렇게 되면 탄수화물 비중이 70% 이상이 된다. 게다가 당분 함량이 10% 이상인 과일(10% 이하는 채소)도 많이 드시고 간식도 떡, 감자, 고구마, 강정, 옥수수, 빵, 국수류 등을 많이 드신다.

그렇다고 너무 안 먹을 필요는 없다. 당뇨가 있다고 꼭 현미만 먹을 필요도 없다. 10분도 쌀인 백미는 현미의 10% 정도 되는 쌀껍질과 쌀눈이 제거된 것에 지나지 않는데, 이때 영양분이 많이 있다는 쌀눈과 섬유질이 있는 껍질이 제거되기 때문에 이를 벗기지 않은 현미를 권장하고 있으나, 경우에 따라서는 쌀밥을 먹지만 그 양을 10~20% 줄이고 대신 채소를 그만큼 먹으면 균형된 식사를 유지하게 된다.

당뇨병 환자도 국수나 빵, 설탕도 먹을 수 있다. 다만 국수를 세 끼 다 먹으면 안 되고, 한 끼를 국수로 먹었으면 다음 식사에서는 탄수화물을 줄이고 단백질이나 섬유소 섭취를 늘리면 되고, 설탕도 하루 50g 이내에서 섭취하면 괜찮다. 과도한 섭취는 피해야 하지만 적당량 섭취는 필요한 것이다.

한 가지, 생각을 바꿔야 할 것이 지방 문제다. 당뇨나 고혈압, 고지혈증을 가진 사람은 지방을 아예 못 먹는 것으로 오해하고 있다. 당뇨병 환자의 50~60% 이상이 동맥경화증에 의한 뇌졸중 및 심근경색으로 사망하고, 중성지방이 높고 HDL-콜레스테롤이 낮다 보니까 무조건 지방 섭취는 적게 해야 한다고 생각하지만 적정량의 지방 섭취는 필요하다.

지방은 세포벽을 구성하고, 호르몬 생성 물질이며, 또한 고열량(9.8kcal)이기 때문에 에너지원으로도 일정 정도 사용되고 있다. 물론 동맥경화증을 유발하는 포화지방산을 많이 섭취하는 것은 문제지만 10% 정도는 필요하고, 나머지 15%는 불포화지방을 포함해 균형 있게 섭취해야 한다. 우리 몸에서 만들지 못하는 필수 지방산이 있기 때문에 이는 반드시 음식을 통해 섭취를 해야 한다. 가끔 먹는 삼겹살이나 육류 섭취를 굳이 피할 필요는 없고, 오히려 몸에 필요하다는 사실도 알아야 한다.

우리 몸에 떠다니는 콜레스테롤의 80%는 몸 안에서 만들어지고, 20%만이 음식 섭취의 영향을 받는다. 따라서 서양인들처럼 매일 고기와 치즈 등을 먹는 경우에는 지방 섭취량을 줄여야 하지만 40~50대 이상의 한국인은 지방 섭취를 줄일 필요가 없다.

지방이 나쁘다는 선입견은 서양인들로 인해 비롯되었다. 실제로 서양인들의 비만은 치료가 거의 불가능할 정도다. 왜냐하면 사람의 입맛은 이유식 때 음식과 어릴 때의 식성이 평생을 좌우하게 되는데, 서양인은 어려서부터 지방에 익숙해 있기 때문이다.

가장 맛있는 영양소가 지방이다. 고기도 지방이 골고루 박혀 마블링이 잘 되어 있는 고기가 가장 맛있고 가격도 비싸다. 단백질만 있는 목살이나 앞다리살은 상대적으로 삼겹살이나 안심보다 싸다.

서양인은 어릴 때부터 지방이 들어간 음식으로 이유식을 하고 햄버거나 피자에 입맛이 길들여져, 지방이 들어 있는 음식을 끊을 수가 없다. 심근경색 환자에게 죽을 수도 있다고 겁을 줘도 화장실에 들어가 햄버거를 먹는 게 서양인들이다. 반면 40~50대 이상 한국인은 대부분 쌀죽에 김치를 씻어서 먹거나 된장찌개로 이유식을 했기 때문에 성인이 되어서 갈비나 삼겹살을 2~3일만 먹어도 느끼해서 더 이상 먹지 못한다.

실제로 10~20대는 지방 섭취량이 전체 칼로리에서 20~30%를 차지하지만 40~50대 이상에서는 지방 섭취 부족인 경우가 많다. 당뇨나 고혈압, 고지혈증이 있다 하여 그나마 일주일에 한두 번 먹는 육류 섭취도 자제한다면 오히려 영양 불균형 상태가 되는 경우가 많다.

특히 중성지방이 높은 경우 지방과는 거의 관계가 없고 탄수화물 과다섭취나 술과 관련이 있는데도 고기를 안 먹는 경우가 많다. 삼겹살을 상추에 싸서 마늘 얹고 먹는 것은 좋다. 물론 술도 소주 2~3잔 반주로 하면 HDL-콜레스테롤도 올라간다. 하지만 고기 먹고 공기밥 한 그릇, 냉면 한 그릇이 되면 이건 큰 문제이다.

우리나라 사람들은 지방 섭취와 더불어 단백질 섭취 부족도 문제다. 총열량의 15% 정도는 되어야 하는데 10% 미만인 노인 인구가 30~40%나 된다는 보고가 있다. 단백질의 구성성분인 아미노산의 경우 인체 내에서 합성이 안 되는 필수 아미노산이 20가지, 아미노산이 8가지나 되기 때문에 필히 육류 섭취를 해야 한다. 필수 아미노산을 포함하여 단백질이 부족하게 되면 몹시 허기를 느끼게 되어 오히려 칼로리 섭취가 늘어날 수 있다. 그래서 아무리 채식주의자라고 하더라도 우유나 계란 정도는 먹는 경우가 많으며, 부족한 단백질을 보충하기 위해 식물성 단백질을 과다하게 섭취하는 경우 탄수화물 섭취도 늘게 되어 비만이 되는 경우도 많다.

인류는 불과 1만 년 전에 경작을 시작하면서 탄수화물 섭취를 늘리며 쉽게 영양분을 공급 받았지만 실제로 300만 년 전부터 인류의 조상은(99% 이상) 사냥과 채집으로 육류와 과일, 채소류를 먹으며 진화해 왔다. 이런 식단을 요즘 '구석기 식단'이라 하는데, 필요하다면 우리 몸은 단백질 섭취만으로도 탄수화물이나 지방으로 전환시킬 수가 있다.

피곤하다고 해서 병원에 오는 사람이 배는 불룩하게 나와 있어도 영양부족인 경우가 많다. 고기를 안 먹어 힘은 없고 탄수화물 때문에 배는 나오고… 비만 치료는 정말 어렵다. 5,000만 년 인간 생존을 위한 진화의 결과이므로 우리 몸은 쉽게 영양분을 빼주려고 하지 않는다.

비만의 원리는 소비되는 열량보다 더 많은 음식이 들어오기 때문이다. 너무 간단하다. 먹는 것을 줄이기 위해 식욕 억제 및 흡수 억제를 해 주고, 한편으론 소비를 진작시키기 위해 열량을 소비하는 운동과 기초대사율을 올려야 한다.

우리나라 사람들은 살 좀 빼야지 하는 순간 고기를 먹지 않는다. 그런데 권장 칼로리에서 지방과 단백질은 아직까지 권장량 미만으로 섭취하고 있으니 생각을 달리 해야 한다.

다시 말하면, 우리는 비만과 다이어트에 대해 여러 가지 잘못된 상식을 가지고 있다. 또 의학적으로 검증되지 않은 것들을 맹신하는 우를 범하고 있다. 비만에 대한 기초 상식을 제대로 알고 건강을 관리해야 한다.

후포리 칸타타

'백년손님' 촬영 약속이 꼼짝없이 잡혀 있으니까 후포리 집이 비좁든 말든, 길이 멀든 가깝든 간에 후포리에 자주 다닌다. 같은 길도 길을 모르고 가면 꽤 멀게 느껴지는 법이다. 또 먼 길도 자주 다니다 보면 단련도 되고 익숙해져서 그러려니 하고 다니게 된다.

그러다 보니 장인 장모님은 당연하고, 후포리 마을 분들… 특히 '후타삼' 할머니들… 시장 분들… 모두모두 정이 듬뿍 들어서 후포리에 가면 정말 마음이 푸근하다. 아버지 고향인 순천은 이제 아무 연고가 없어 갈 수도 없고, 나에겐 후포리가 정말 제2의 고향인 셈이다.

주말에 후포리를 다녀오는 차 안에서 문득문득 은퇴 후 후포리에서 살 궁리를 한다. 언제가 될지는 모르지만, 이렇게 내 머릿속에서 후포리 생활이 점점 더 구체화되고 있으니 아마도 후포리 사람이 될 확률이 높다.

그렇게 되면 나의 인생 후반기가 엄청 즐겁고 행복한 나날이 될 것이다. 의사로서 아픈 분들 돌봐 드리고, 누가 부르면 달려가고, 바다에 나가 낚시도 하고, 장모님한테 구박을 받더라도 밭농사도 조금 하고… 이거야말로 몸만 움직이면 곳곳에 소일거리요, 발걸음만 떼면 곳곳에서 즐거운 일이 벌어질 테니 부러울 게 없는 시골 생활이 될 것이다.

상상만으로도 기분이 좋아지니 여러 가지 아이디어가 꼬리에 꼬리를 물고 떠오르는데, 그중 하나가 후포리에서 장사 한번 해볼까 하는 생각이다. 내가 하면 아주 잘될 것도 같다. 그리고 생산과 소비가 한곳에서 되니까 유통 비용이 줄고, 그에 따라 손해 볼 확률은 확 떨어질 테니 걱정할 일이 없을 것 같다.

서울에 자주 가는 횟집이 있는데, 서산 고향에서 그분 형님이 그날그날 횟감을 보내 준다고 한다. 그러니 회가 싱싱하고 값도 저렴

후포리 마을

하다. 값싸고 맛있는데 성공 못하면 그게 이상한 거 아닌가?

또 서울에 후포리가 고향인 아내 친구가 하는 식당이 있다. 역시 후포리에서 부모님이 채소를 보내 주고 경매에서 받은 생선을 보내 주니까 역시 싱싱하고 가격경쟁력이 있다. 산지에서 중간상인을 거치지 않고 소비자에게 바로 연결되면 값을 낮출 수 있고, 그렇게 되면 이윤이 많이 남는 건 당연한 일이다.

일반적으로 농업과 어업만 하는 사람은 절대 돈을 벌 수 없다. 생산량에 따라 가격변동이 너무 심하기 때문이다. 흉년이 들거나 어획고가 줄어들면 당연히 적자를 많이 본다. 그렇다면 풍년이 들거나 물고기가 많이 잡힐 때는 많이 벌어야 하는데 그건 또 그렇지가 않다. 그럴 때는 공급량이 많아져 가격이 뚝 떨어진다.

그러니 가급적 본인이 생산하고 판매까지 해야 한다. 유통 상인을 거치지 않는 인터넷 판매도 좋고, 국가에서 도와준다면 직거래 장터도 좋다. 물론 그렇게 되려면 널리 알려져야 하는데, 그게 문제다….

직접 판매에서 한 걸음 더 나아가 가공까지 하면 금상첨화이다. 예를 들어 식당을 운영하거나 직접 가공품으로 만들어 판매하면 이윤이 몇 배로 뛴다. TV에 나오는 몇몇 맛집이 이런 유형들인데 가격경쟁력이 있다 보니 양도 많고, 싱싱한 재료를 사용하다 보니 맛도 좋다.

요즘엔 직거래 장터를 열거나 인터넷 쇼핑몰, 홈쇼핑을 통해 물건을 직접 사고 파는 소비자가 점점 늘어나고 있는데, 복잡한 유통을 단순화시켜서 판매자에게는 안정적인 구매를 해 주고 소비자에게는 유통 마진을 줄여서 싸게 공급해 주는 순기능을 한다.

하지만 너무 커진 대형마트 식품사업의 경우에는 저가의 대량공급이라는 강력한 메리트로 인해 유통이 독점되면서 오히려 소비자의 선택 폭이 좁아지게 되고, 기타 식품업체는 대기업의 자본력을 이기지 못해 망하게 되며, 중간에 납품하는 중소 식품업체들 또한 결국엔 이득보다는 손해가 나게 되는 아이러니한 일이 벌어지기도 한다.

마트 등은 유통 공룡이 되고 말았다. 미국의 일부 마트는 취급 금지 상품을 정해 놓기도 한다지만, 유통이 장악되면 아예 자체 생산하거나(직접 소싱), 과도한 가격 인하, 자회사를 통한 이중 비용 발생, 그 외에 입점비나 진열대(제작비), 장려금, 미끼상품으로 원가 이하에 판매해 달라는 요구 등 갑의 횡포에 휘둘려서 생산자나 납품업체들은 거의 고사 직전이다. 대형마트들은 불과 십수년 만에 슈퍼갑이 되어 버렸다.

하지만 후포리에서는 생산과 동시에 판매를 할 수 있어 유통 비용이 없을뿐더러, 부부나 가족이 같이 만들고 서빙하면 인건비가 줄고, 그러다 보면 재료가 싱싱한데다 양도 푸짐하고 값도 저렴하니 당연히 맛집이 될 수밖에 없을 것 같다. 낮에는 진료도 보면서 먹을 것도 같이 만들어서 팔아 볼까요?

* 울진군청 사진 제공 :
25, 55, 88, 106, 123, 129, 194, 234, 256p

우포리
남서방
이야기

초판 1쇄 : 2015년 8월 10일

지은이 : 남재현
펴낸이 : 박경미

기획총괄 : 김태윤
마케팅 : 이사 이광우

디자인 : 윤삼현
사진 : 민병덕
일러스트 : 김제도
캘리그라피 : 최형환

펴낸곳 : 도서출판 황금물고기
등록일자 : 2003년 12월 5일
등록번호 : 제2013-000213호
주소 : 서울시 마포구 모래내로 83 (성산동, 한올빌딩 6층)
전화 : 02 • 326 • 3336 / 02 • 704 • 3331
팩스 : 02 • 325 • 3339 / 02 • 704 • 3360
e-mail : raindropis@hanmail.net

ISBN 978-89-94154-35-0 (03810)